文春文庫

名残の袖

仕立屋お竜

岡本さとる

文藝春秋

目次

主な登場人物

お竜…………………鶴屋から仕事を請け負う仕立屋　しかしその裏の顔は……。

鶴屋孫兵衛…………老舗呉服店の主人　八百蔵長屋の持ち主でもある。

北条佐兵衛…………剣術の達人　お竜を助け武芸を教える。

井出勝之助…………浪人　用心棒と手習い師匠をかねて、鶴屋を住処にしている。

隠居の文左衛門……孫兵衛の碁敵　実は相当な分限者らしい。

名残の袖

仕立屋お竜

一、母

(一)

暦の上では秋となったが、まだまだ残暑厳しき江戸の町であった。

朝晩に時折、冷やりとした風が吹くのを楽しみにしつつ、町の者達は穏やかな秋がくれば、

「何か好いことがあるのではないか」

と、ささやかな望みを胸に抱いていた。

三十間堀三丁目の裏店〝八百蔵《やおぞう》長屋〟の住人達も、

「今朝はちょいと過ごし易いねえ」

「いやいやまだまだ暑くて堪《たま》らねえや」

「まあ、もう少しの辛抱だ」

毎朝露地で顔を合わせると、こんなやり取りを交わしていた。もっと他に話すことはないのかと思いながらも、暑い寒いを言い合っていれば近所付合いが出来るなら他愛もないことだ。

住人の一人である仕立屋のお竜《りゅう》は、それもまた小さな幸せだと思っていた。

彼女の暮らしは相変わらずであった。

朝に飯を炊き、物売りから買った蜆《しじみ》や豆腐で味噌汁を拵《こしら》え、干物などでしっかりと腹を充たし、それからは黙然と仕立に励む。

昼は冷くなった飯に茶をかけて、香の物などでさっさとすまし、また仕立を続ける。

日が暮れると、朝に拵えておいた握り飯を網で焼き、醬油か味噌で味を付け、残り物を放り込んだ汁と共に食べる。そして必ず一合ほどの酒を飲んで張り詰めた気持ちを元に戻す。

それからは、急ぎの仕事を抱えていれば、眠くなるまで針を使いもするが、大抵の場合は床に入る。

こんな様子であるから、時には井戸端に出て世間話でもすれば気も紛れるというものだが、日頃から無口なお竜は、

――どんな話をすればよいか。

それがよくわからない。

ゆえに、買い物や納品で外に出る折に、気候について一言二言喋るくらいがちょうどよいのだ。

この日も、男物の単《ひとえ》を一枚納めに外出をする際、すれ違う住人に、

「むし暑うございますねえ」

と、一声かけられたのは幸いであった。

〝八百蔵長屋〟へきてから半年以上経つが、きたばかりの時は、にこやかに会釈するくらいしか出来なかったのだから、随分と人交わりがこなせるようになったというべきであろう。

納める先は、新両替町二丁目の呉服店〝鶴屋《つるや》〟である。長屋からはもう目と鼻の先だ。

〝鶴〟と大きく染め抜かれた日除《ひよ》け暖簾《のれん》が、強い日射しをまともに受けて眩《まぶ》しかった。

店には表から勢いよく入るのが、〝鶴屋〟からの注文である。

「お届けにあがりました」

と、店に入ったお竜を、主人の孫兵衛《まごべえ》が待ち構えていたかのように見つけ、

「お竜さん、ご苦労でしたねえ。いやいや、好いできです……」

お竜を上《あが》り框《かまち》に座らせて、座敷の上で受け取った男物の単を広げてみせた。他の客の目につくようにするのだ。

こうすることで、〝鶴屋〟は腕の好い仕立屋を雇っているとの宣伝になると、孫兵衛は言うのである。

納品がすむと、次の注文をもらって帰るのだが、

「お竜さん、ちょっと上がってもらえますかねえ」

この日、孫兵衛はお竜を帳場の向こうの小座敷に誘《いざな》った。

「はい。何でございましょう」

お竜はにこやかに応えて孫兵衛に続いたが、いささか緊張を覚えていた。

店先で話し辛いとなると、〝裏の仕事〟に繋がることかと思ったのだ。

お竜は仕立屋ともうひとつ、〝地獄への案内人〟という顔を持っている。

それはこの世にのさばる悪人を、地獄へ送り届けるという、裏稼業であった。

案内人の元締を務める隠居の文左衛門《ぶんざえもん》は、孫兵衛の縁者で〝鶴屋〟とは深く繋がっている。

もしや小座敷には文左衛門と〝鶴屋〟の用心棒兼手習い師匠にして、案内人の相棒である井出勝之助《いでかつのすけ》が、きているのでは――。

そんな想いがしたからだ。

だが、小座敷に人影はない。

どうやら仕立屋としての仕事が、訳有りのようだ。

孫兵衛は、お竜の心の内を見透かしているはずだが、相変わらずそれに触れることはなく、

「次の仕立物ですが、少しの間、通《かよ》いでお願いできませんかねえ」

と、穏やかに告げた。

(二)

通う先は、比丘尼橋《びくに》を渡って北へ真っ直ぐ行ったところの西河岸《にしがし》町の油商〝加島屋《かしまや》〟であるという。

主人は宇兵衛《うへえ》という三十半ばの商人なのだが、いささか彼の立場は複雑なものであるらしい。

宇兵衛は代々の〝加島屋〟の主《あるじ》の名である。かつては庄造《しょうぞう》であった現・宇兵衛は、そもそもは南八丁堀に住む棒手振《ぼてふ》りであった。

それがある日、破落戸《ごろつき》に絡まれている先代・宇兵衛を見かけ、助けたことから気に入られ、〝加島屋〟の油を売り歩くようになった。

そのうちに、行商での働きぶりを買われ、先代・宇兵衛は庄造を番頭に迎えた。

〝加島屋〟は小売りの油屋で、番頭一人に、手代が一人、小僧が三人、女中が二人といった店構えであったのだが、先々代の宇兵衛には娘のおみねしか子はなく、番頭であった先代・宇兵衛がおみねの婿養子となった。

手代はまだ元服をすませたばかりであったので、先代は今までの仕事もこなし、番頭を置かなかったのである。

庄造は戸惑ったが、彼は既に〝加島屋〟の客からも信用を得ていたし、先々代の妻であり、先々代亡き後も〝加島屋〟を支える姑・おぬいも、庄造を気に入っていた。

おみねにも異存はなく、庄造は先代を支えて、よく番頭を務めたものだ。

ところが、この時既に先代は胸に病を抱えていて、余命いくばくもないことがわかる。

おみねとの間には、彦太郎《ひこたろう》という息子を儲けていたが、その時はまだ五歳であった。

「庄さん、頼むよ。わたしが死んだら、お前がおみねと一緒になって宇兵衛を継いでおくれよ」

亡くなる少し前に、先代は庄造に後を託した。

「まさかそんなことができるはずはありませんよ」

庄造は拒んだが、番頭が先代亡き後、後添《のちぞ》いの夫となって店の主人になるのは、さして珍しいことではない。

おみねとは、自分が余命いくばくもないと悟ってから、彦太郎が成長するまでの間、新たに婿を迎えるようにと話を続けていたし、姑のおぬいにも庄造でどうかと相談をしていた。

その上で、おぬいも庄造ならばと得心していたので、おぬいが説けばおみねも受けるであろうと頼み込んだのだ。

そうして先代・宇兵衛は亡くなった。

庄造はだからといって、自分からは何も言える話ではないと、先代の喪に服していたのだが、やがて喪が明けるとおぬいが、〝加島屋〟を守るためにも、早くおみねと一緒になってもらいたいと庄造に迫り、遂にはおみねも望んだので、庄造も宇兵衛を継ぐことを決心したのであった。

しかし、〝加島屋〟の不幸はこれで終らなかった。

庄造が宇兵衛を継ぎ、〝加島屋〟の商いも順調に動き始めていた矢先に、おみねが辻斬りに遭って死んでしまったのだ。

女中一人を供に遣いに出て、溜池の岸辺にさしかかったところを狙われたのだ。女中はいきなり現れた黒い影に当て身をくらわされて昏倒し、黒い影は逃げるおみねを追いかけて、ばっさりと斬り殺したらしい。

下手人は腕の立つ武士で、女を殺すのに快感を覚える変質者であるとされたが、通り魔ゆえに未だに捕えられぬままであるという。

庄造こと当代・宇兵衛は、貧しい車力《しゃりき》の息子に生まれ、子供の頃から父親の曳く大八車を押して手伝いながら大人になった。

やがて人に勧められて棒手振りとなり、独学で読み書き算盤《そろばん》を身につけた。

そういう努力を先代・宇兵衛に認められたのだが、

「どこの馬の骨ともしれぬ身を、長く続いた油屋の主にしてくださるなんて、この先わたしは何として恩を返せばよいのでしょう」

そう言っていつも手を合わせていた先代・宇兵衛に続いて、おみねまでが死んでしまうとは何たることであろうか。

「わたしは疫病神《やくびょうがみ》です。どこからかしっかりとした番頭を迎えて、おっ義母《か》さんが彦太郎の成長を見届け、跡を継がせてくださいまし」

元の庄造に戻り、自分はここから出ていくとまで言って、彼は思い詰めたものだが、

「何が疫病神なものですか。お前さんのような人が〝加島屋〟にいてくれたのは、神仏のお恵みだと思っていますよ」

おぬいはそのように労《いたわ》って、このまま店を守り、彦太郎を育ててやってもらいたいと、涙ながらに願ったのだ。

以来、当代・宇兵衛は〝加島屋〟を守《も》り立《た》て、幼くして生みの親を二人共亡くしてしまった彦太郎を懸命に育てたのである。

宇兵衛は何よりも彦太郎の身を案じたが、姑のおぬいの存在が彦太郎にとっては大きな安らぎで、身の不幸をおぼろげに感じつつも、義父の情を受けて、聡明な子に育っていた。

宇兵衛にもよく懐いているというのは何よりであった。

お竜は、不幸な生い立ちを語らせたら、自分の右に出る者はないと思っているが、

「気の毒なお人はいるものですねえ」

話を聞けば感じ入るばかりであった。

「それで、〝加島屋〟さんに通って、あたしは何をすればよいのでしょう」

〝鶴屋〟からの依頼なのだから、店に行って仕立物をするのであろうが、ただ仕立てるだけなら預かって縫いあげる方が早く済む。

何か特別な用でもあるのだろうかと思われたのだ。

「いやいや、これはべらべらと人様の話をしてしまいましたね」

孫兵衛は頭を掻いた。

「もちろん、仕立をお願いしたいのです」

〝加島屋〟の姑・おぬい、亡くなったおみね母子は、〝鶴屋〟の顧客であった。

生前、おみねは宇兵衛のためにと、〝鶴屋〟で薩摩絣《さつまがすり》を買っていた。

裁縫が上手であった彼女は、自分で縫うつもりでいたのだが、縫いあげることなく死んでしまった。

「それで、あたしがおみねさんの代わりに？」

「はい。実はおぬいさんは、お竜さんの姿を店で何度か見ていたそうでして」

お竜の佇《たたず》まいが、どこかおみねに似ていると以前から思っていたおぬいは、おみねを偲《しの》ぶ意味も込めて、お竜に家で縫ってもらいたいと、孫兵衛に願ったという。

「そういうことならお安いご用ですが、似ていると言われると、何やらこそばゆい気がしますねえ」

お竜は苦笑した。

自分が着物を縫う姿を見て、果しておみねを思い出せるであろうか。

おみねはそんな縫い方はしなかった。

おみねはお竜のような品のない女ではなかった。

などと恨まれては傍ら痛いではないか。

お竜はそれが不安であった。

「お竜さんの言いたいことはよくわかりますよ。仕立に行くのは構いませんが、〝これは見世物ではありませんので、そこのところはよろしくお願いします〟、そのように伝えてあります」

行ってみて不快な想いをするようであれば、いつでも引き揚げてもらって構わないと、孫兵衛は申し訳なさそうに言った。

お竜は孫兵衛の配慮がありがたかった。

「いえ、ご心配には及びませんよ。そもそもあたしのような女が、お店《たな》の娘さんの真似ができるはずもないのですから、そこはご勘弁していただきますように」

お竜は、孫兵衛の顔を立てねばならないと、ひとまずは引き受けたのである。

「そうですか。それは助かりますよ。手間賃ははずませてもらいますから、どうぞよしなに願います」

孫兵衛は、ほっとした表情となって、

「これは手付でございます」

と、お竜の前に一両を置いた。

㈢

お竜はさっそく翌日から〝加島屋〟へ通うことにした。

〝加島屋〟には、その日のうちに〝鶴屋〟から、お竜が行くと知らせがいっていた。

薩摩絣の単であれば、五日もあれば縫いあげてしまうが、他所《よそ》へ出向くとなれば勝手も違うし、一日中縫っているわけにもいくまい。

食事を用意されるのも気を遣うので、昼過ぎから二刻《ふたとき》ばかり滞在して、その日は終えさせてもらいたい。

となれば十日ほどで一枚を仕上げられるであろう。

そのようなお竜の希望はしっかりと伝えられていた。

お竜のそういう反応は、

「いちいち頷けるものです」

と、姑のおぬいを唸らせたようで、お竜もまずはほっとした。

西河岸町の油屋を訪ねてみると、大店《おおだな》ではないが、小売り店としてはなかなかに立派な構えで、表はよく掃き清められている。

入ったところに油桶が並べられていて、奉公人達も皆、きびきびと立ち働いていた。

裁縫道具一式を風呂敷に包み、お竜はそれを手に中を窺うと、

「これは、お竜さんですかな」

すぐにその姿を認めて、主の宇兵衛が勢いよく出てきた。

目鼻立ちの整った、思慮深そうな人となりである。

「はい。仕立屋でございます。この度はお声をかけていただきましてありがとうございます」

お竜は恭《うやうや》しく頭を下げた。

「とんでもないことです。無理を申しまして相すみません」

物腰が柔らかく、声音《こわね》にも情が籠っている。

先代・宇兵衛と姑のおぬいが気に入ったのもよくわかる。

宇兵衛の方も、勝気でしっかり者の仕立屋を頭に思い描いていたので、思いの外にしとやかなお竜の様子を見て、ほっとしたようだ。

「さあ、まずは中へ。おっ義母さん、お竜さんが来てくれましたよ」

宇兵衛は、てきぱきとお竜を奥の一間に請じ入れ、おぬいを呼んだ。

「お竜さん、よくきてくれましたねえ」

姑のおぬいは、声をはずませながらやってきて、娘が実家に帰ってきたかのような嬉しそうな表情をお竜に向けた。

歳の頃は五十半ばであるが、実に若々しく背筋もすっと伸びている。

「竜と申します。〝鶴屋〟さんでお見知りおきくださっていたとか。何も知りませんで、ご無礼をいたしました」

宇兵衛に続いて、自分を温かく丁重に迎えてくれるおぬいの出現に、お竜は戸惑ってしまった。

そもそも仕立屋は孤独な仕事であり、〝鶴屋〟から依頼を受け、納品する時しか人と触れ合う機会はなかったからだ。

「〝鶴屋〟さんは、あなたの仕立物が届くと、いつも自慢げに広げて見せていましたからねえ。是非この人にお願いしようと思ったのですよ」

「畏れ入ります」

「わざわざ出向いてくれなどと、面倒なことをお願いしてしまいましたが。娘のおみねはこの薩摩絣を気に入りましてね。旦那様に縫うのだと張り切っていたものですから、縫いあがっていくところを、どうしても見たくなったのです」

おぬいがしんみりとするのを見てとって、

「あまりじろじろと見たら、お竜さんも気が散りますよ」

宇兵衛が明るい声で窘《たしな》めた。

「そこを何とかお願いしますよ」

おぬいは大仰に手を合わせた。

「わたしはぬいという名をつけてもらいながら、お針が不得手でしてねえ。おみねに、そのうちわたしに教えておくれと言いながら、それが叶わなかったものですから、お竜さんに教えてもらいたいのですよ」

宇兵衛は神妙に頷いて、

「なるほど、そういうことですか。お竜さん、どうかおっ義母さんの願いを聞いてあげてください。その分のお代も、きっちりとお渡しいたしますので」

誠実な物言いをした。

世の中には、血の繋がりがなくとも本当の母子以上に情を交わす人もいるのだと、お竜は感心させられた。

「あたしなんぞがお教えするのはおこがましゅうございますが、気が散るなどと、口はばったいことは申しませんので、いつでも見てやってくださいませ」

お竜の言葉に二人は大いに喜んだ。

「そんなら、わたしは店の方に出ておりますので、よろしくお願いします」

宇兵衛は店先へ戻ろうとしたが、

「あの、旦那様……」

お竜はそれを呼び止めた。

「何でしょう？」

「寸法を計らせていただきたいのですが……」

「ははは、そうでしたねえ。わたしの着物を縫ってもらうのでしたね」

宇兵衛は照れ笑いを浮かべた。

「まったくこの人は、人のことばかり考えて、自分はいつも後回しで……。せめて薩摩絣の好いのをと、おみねがこれを求めたのですよ」

おぬいは、しみじみと思い入れをした。

宇兵衛はしんみりとするのを堪《こら》えて、

「わたしに薩摩絣なんて身にそぐわないが、せっかくの心尽くしですからねえ。どれ、寸法を計ってもらいましょうか。立っていればよいのですか？」

朗らかに応えた。

「当り前ですよ。しばらくそこに立っておいでなさい。わたしはお茶でも淹れてきましょう」

「おっ義母さん、そんなことは誰かにさせればよいですよ」

「いえ、わたしが用意したいのですよ。お竜さん、よろしく頼みますよ」

おぬいは、じっとしていられないのか、急ぎ足で部屋を出た。

「お蔭様で、おっ義母さんもよろこんでくれています」

宇兵衛は頭を掻いて、お竜の採寸に身を委ねた。

「〝鶴屋〟さんから、うちの事情は聞いてくれているのでしょうか？」

お竜はてきぱきと進めたが、宇兵衛はその間の沈黙に堪えられないのか、ぽつりぽつりと話しかけてきた。

それこそ寸法を間違えそうで気が散るというものだが、お竜はそういう宇兵衛の慌てぶりに男の愛敬を覚えていた。

「はい。〝鶴屋〟の旦那様にお話しされたことはひと通り……。お内儀《ないぎ》様のことは、何と申し上げてよいやら……」

お竜は仕事を進めながら、いちいちそれに応えた。

「まったく、悪い夢を見ているようですよ。先代が若くしてお亡くなりになって、わたしのような者を、夫に迎えねばならなかったおみねが、不憫《ふびん》でなりません」

「でも、それは皆さんがお望みになったことだとお聞きしております」

「そう言ってくださるのはありがたいが、赤の他人のわたしが〝加島屋〟の旦那様などと呼ばれるのは真《まこと》に辛い。すぐにでもここから逃げ出したい想いです」

お竜は返す言葉に詰まってしまった。

酷《ひど》い男に捕まって地獄のような日々を送り、九死に一生を得て、武芸者・北条《ほうじょう》佐兵衛《さへえ》に助けられ、彼の許《もと》で三年の間修行を積んだお竜である。

当意即妙に応えられるほど、まだ世慣れていなかった。

宇兵衛は、お竜の心情に気がつき、

「ああ、これはわたしとしたことが、初めて会ったお竜さんに、べらべらとくだらないことを話してしまいましたねえ。さぞ耳障りだったと思います」

と、またも頭を掻いた。

「いえ、耳障りだとは思いませんが、少しの間、じっとしていただけたら助かります」

お竜は失笑してしまった。

「はい。ごもっとも。かえって手間をとらせてしまいました。黙ります」

それから宇兵衛は口を真一文字に結んで、採寸に応じた。

お竜はすぐに、身丈、裄丈《ゆきたけ》、袖丈などを計り終え、いちいち帖面《ちょうめん》に記すと、

「ありがとうございました。どうぞお店にお戻りくださいまし」

小腰を折った。

「世話をかけました。おっ義母さんがご厄介をかけるかもしれませんが、どうぞ

よしなに」

宇兵衛は、自分もお竜に倣って小腰を折ると店先へと戻っていった。

お竜はさっそく反物を広げ、寸法を取り始めたが、何者かがじっと自分の方を物陰から見つめている気配を覚えた。

女ながらに恐るべき武芸を身に付けているお竜である。

気配がする方へ、きっと目を向けると相手を恐《こ》わがらせてしまうかもしれない。

気配に殺伐としたものはないのだ。すぐに気付く必要はない。

知らぬ顔を決め込み、ふと気付いたように見せかけて、気配の先に目をやればよかろう。

そう考えて、ゆっくりと自分を見ている者の方へ顔を向けると、お竜の顔が思わず綻んだ。

廊下からそっと覗くように、小さな二つの瞳がこっちを見て頰笑んでいるのだ。

実に素直な表情で、目はつぶらで澄んでいる。

全身の力が抜けるほどに愛らしい子供が、気配の正体であったのだ。

互いに目が合うと、相手はにこりと笑った。

「これ、彦太郎、お邪魔してはいけませんよ」

その後ろから、盆に茶菓子を載せたおぬいがやってきて彼を窘めた。

㈣

お竜が〝加島屋〟に通い始めてから五日が過ぎた。

昼に入り、二刻ばかり針を使いまた長屋に帰る毎日であったが、〝鶴屋〟の孫兵衛からは、

「よい折を見て、様子を報《しら》せてください」

と言われていたので、この日は出がけに店に立ち寄ったのだが、

「お竜さん、色々と苦労をかけてしまいましたかな」

孫兵衛は、お竜の表情を一目見て眉をひそめた。

お竜の顔には、明らかに当惑の色が浮かんでいたのだ。

「いえ、苦労などとはとんでもないことでございます」

お竜は、勢いよく頭《かぶり》を振ってみせた。

「おぬいさんが、お竜さんの傍《そば》から離れないとか？」

「いえ、離れないのは、彦太郎さんの方でして……」

「なるほど……」

孫兵衛は膝を打ったが、その表情は楽しそうであった。

「亡き母親の面影を偲んでいるのでしょうねえ」

「そのようですが、あたしで母親を思い出すなんて、不憫でなりません」

「そんなことはありませんよ。それで彦太郎さんの心が和《なご》んだなら、いうことはありません」

「そうなのですかねえ」

「そうですよ。何であれ、悲しい想いをしている人に一時でも幸せを与えられるなら、これは功徳《くどく》ですからね」

「でも、困ります」

「まとわりついて、仕事になりませんか？」

「いえ、何かというとおぬいさんが窘めてくださるので、仕事がはかどらないわけではないのですが……」

「はかどらないわけではないが……？」

「かわい過ぎて困ります」

「なるほど……」

孫兵衛はにっこりと笑った。

彦太郎が、針を使うお竜の傍にちょこんと座って、上機嫌のおぬいに時折叱られながら、懐しそうに裁縫風景を見つめている。

子供の目はつぶらで、

「おばさんは、おっかさんより、おはりがじょうずなの？」

などと、下から見上げるようにして、たどたどしい言葉を投げかけてくる。

その愛くるしさに、お竜は体の力を抜かれてしまう。

醜いものや、汚らわしいものを見極め、闇に葬ってきたお竜にとって、一切のまじりもののない無垢な幼児との触れ合いは、これまでに経験のないことであった。

住処《すみか》の〝八百蔵長屋〟にも子供はいるが、どれもこれも長屋を出て走り回っている悪童か、ちょっとこましゃくれた女児ばかりで、あまり外出をしないお竜を捉まえて話すような真似はしなかった。

お竜自身も、子供の扱いは苦手で避けていたのは確かであった。

しかし、彦太郎には心の底から、

――何と愛らしいことでしょう。

と、思わずにはいられなかった。

おぬいが、

「一息いれてくださいな」

と、茶菓を持ってきてくれる時は、必ず彦太郎もお竜の傍へきて、それを口にした。

菓子の粉を口の周りに付けてしまったり、お茶をこぼしたり——。

それがまたかわいくて、つい世話を焼きたくなってしまう。

それはお竜にとって、初めて覚える感情であった。

「さあ、彦さん、このへんで奥に戻りましょうね」

と、おぬいが切りのよいところで連れていってくれるので、仕立の進行には特に邪魔にはならないのだが、

「いなくなればいなくなったで、何やら気になりましてね」

お竜は照れ笑いを浮かべた。

「わたしも会ったことがありますが、彦太郎さんは、本当にかわいい息子さんですからねえ」

孫兵衛は、ふふふと笑った。

日頃はまったく口にしないが、孫兵衛はお竜がその辺りにいるどの武士にも後《おく》れをとらぬだけの武辺者《ぶへんもの》であることを知っている。

そのお竜が、六歳の子供に己が心を乱されて、戸惑っている様子が頰笑ましかったのである。

「そんなら存分に遊んでおあげなさい。〝加島屋〟さんからは、お竜さんのお蔭で、このところ彦太郎さんが元気になったと、礼を言われておりまして」

「〝加島屋〟さんが？」

「はい。いたくお喜びでしてね。迷惑かもしれませんが、構ってやってくだされば嬉しいとのことです」

「左様でございますか」

「もちろん〝加島屋〟さんには、子守に行ってもらっているのではありません。だが、彦太郎さんの気の毒な身の上を思えば、少しくらい相手をしてあげてもよいでしょう」

「それはまあ、急ぎの仕立ではないと〝加島屋〟の旦那様も、そう申されていますから……」

「お嫌でなければ」

「嫌なことはありません。あたしにも、ちょっとした楽しみができました」

「そう言ってくださると思っていましたから、〝加島屋〟さんには、少しくらい外に連れて出てもらうくらいのことは、頼んでみればどうですかと、返事をしてしまいました」

「あたしが彦太郎さんを外に連れ出すのですか？」

「それは言い過ぎでしたかな」

すまなそうに眉を下げてみせる孫兵衛を見ていると、お竜は心が和んできて、

「いえ、先様からそんなお話が出たら、連れて出てあげましょう。喜んでくれたら何よりです」

思わず胸を叩いていた。

次々と親を失った彦太郎は、男子にしては大人し過ぎるように見える。強い悲しみが彼を押し潰しているようだ。

それゆえ愛らしいのではあるが、かわいさが募ると、

——男子はこうあってもらいたい。

そんな望みを抱いてしまう。

お竜は、世の子供達についての認識には疎いが、自分の子供の頃、周りにいた

男の子達は皆がやんちゃで、ちょっとやそっとでは挫けなかったような気がする。

彦太郎はまだ幼な過ぎるが、祖母のおぬいはこの先どんどん老いていく。

〝加島屋〟の跡取りとして、強くたくましい男に、少しでも早く成ってもらいたいものだ。

実に悩ましい立場である当代の宇兵衛が、

「一日も早く、彦太郎に跡を継いでもらいたい」

が口癖になっていることは、仕立屋として出入りしているだけであるお竜にもわかる。

――その手助けができれば何よりだ。

地獄へ送った相手はすべて鬼のような悪人ばかりだとはいえ、何人もの命を奪ってきたお竜である。

彦太郎に世話を焼くことで、少しでも身にこびりつく罪業を祓《はら》えればありがたい――。

そこへ想いがいくのであった。

(五)

〝鶴屋〟を出たお竜は、気持ちも新たに、〝加島屋〟へ向かった。

しかし、考えてみると〝鶴屋〟の孫兵衛もお節介であった。

宇兵衛、彦太郎、おぬいの心情を慮《おもんぱか》り、それに対するお竜の想いを見てとって、お竜が彦太郎を存分に構ってやれるような道筋を整えるとはなかなかのもの好きではないか。

いつもの時分に店に着くと、宇兵衛、おぬいに伴われた彦太郎が、抱きつかんばかりにお竜を迎えて、

「おばさん、いらっしゃい。男がぬいものを見ているのはおかしいという人がいるけど、おばさんはどうおもう？　お父《と》っさんは、そんなことをいう人がおかしいって……。なんでも見ておぼえたらいいって……。おばさんはどうおもう？」

などと話しかけながら、彼女の手を引いて奥へ連れていくのであった。

「お父っさんの言われたことが正しいのですよ。仕立屋にだって男はいっぱいいるのですから」

お竜はやさしく言葉を返しながら、仕事部屋へと入る。

男であれ女であれ、何でも出来るようになった方がいいのに決まっている。

「男はそんなことをしなくていい」

「それは女のすることだ」

などと言っている人は、己が出来の悪さをごまかそうとしているのだと、お竜は言葉を嚙み砕いて彦太郎に説いた。

そんな言葉はどれも、かつて自分の命を救い、武芸を身に叩き込んでくれた恩師・北条佐兵衛が教えてくれた。

その時は、なるほどそのようなものかと感じ入ったものだが、人からの教えを子供に伝えるのは、それだけ自分が生きてきた意義を確かめる機会となる。

お竜は恩師の面影を思い出しつつ、幸せな心地になった。

「お竜さんは、本当に好いことを言ってくださいますねえ」

おぬいに感心されたのには冷や汗をかかされたが――。

仕事部屋に入ると、いつものようにお竜の裁縫をおぬいと彦太郎が見物して、時折はお竜がおぬいに縫い方を教える。

彦太郎も針を持ちたがったが、こちらの方はおぬいが用意した稽古用の布に縫いつけるのを見守る。

実に穏やかな時が過ぎるのだ。

〝鶴屋〟の孫兵衛からは、彦太郎を外に連れていってあげればよいと言われていたが、さりとて自分の口から誘うのも憚《はばか》られた。

そのまま時の流れに任せていると、やがておぬいがお竜の顔色を窺うように、

「こんなことをお願いするのは、どうかと思うのですがねえ」

と、話を切り出した。

お竜は、いよいよきたかと思いながら、

「どんなことでも仰ってくださいまし」

と、おぬいが話し出し易いように、明るく応えた。

「このところは、宇兵衛殿も商いに忙しくて、なかなか彦太郎を外に連れて出てやれませんでねえ」

鶴屋孫兵衛が言っていた話を、ここでおぬいは持ち出した。

日本橋川に面する茅場町の南側の山王旅所は〝加島屋〟のほど近くにあり、源信作の薬師如来を安置する薬師堂や天満宮などが境内《けいだい》にあった。

この日は縁日で、植木市が立っているという。

そこへ、少しの間でよいから、

「連れていってやってくださいませんかねえ……」

と、おぬいは言うのだ。

「左様でございますか。薬師堂の植木市は、いつも大そうな賑いだそうで、あたしもちょうど立ち寄ってみたいと、思っていたところでした」

お竜が応えると、彦太郎の表情がぱっと華やいだ。

「おばさん、つれていってくれるの？」

「お安いご用ですよ。但し、何があっても傍から離れてはいけませんよ」

お竜は、強い口調で言い聞かせた。

「おばさんのそばから、はなれたりはしないよ！」

彦太郎は、これまで聞いたことのないほどの大きな声で返事をすると、すぐに行くつもりで立ち上がった。

「そんなら、遅くなってもいけませんので、今日はこの辺りで切り上げさせていただきます。少しばかり、仕上がりが先になってしまいますが」

「仕立の方は、先になればなるほどよいのですよ」

おぬいは思わず本音を洩らして、

「もちろん、お手間の方はその分はずませていただきますから、どうかよろしくお願いします」

と、さっそく二人を表まで送り出した。

今は、宇兵衛が所用で出ているので、おぬいは店に残り、宇兵衛が帰ってきたら、山王旅所へ迎えに行かせるとのことであった。

「このところ、わたしも足が悪うございましてねえ」

などとおぬいは言っていたが、彦太郎が存分に走り回れるようにしてやる配慮なのであろう。

恐らく孫兵衛は、お竜について、

「その辺りの若い衆より、余ほど頼りになる人ですよ」

そのように紹介していると思われる。

傍から離れてはいけないと、きっぱりと言ったお竜を見ていると、おぬいも安心して彦太郎を一人で預けられると思ったようだ。

それでも、大事な大事な跡取り息子である。

まだ家に来て間なしのお竜に託すとは、いくら彦太郎がお竜に懐いているとはいえ、おぬいのためらいの無さも大したものだと感心させられる。

お竜はとにかく、彦太郎の手を引いて海賊橋を渡って、薬師堂へと出かけた。

植木市は賑いをみせていたが、日の暮れまでにはさほど間もない時分となっていたので、盛りは過ぎていた。

既に〝加島屋〟では、店の者をやって店先に飾る植木は買い求めてあるので、

「その辺りを一緒に歩いてやっていただくだけでよいのです」

と、おぬいに言われていた。

彦太郎も植木には興はそそられないようで、賑やかなところを歩いて、お竜に飴を買ってもらったり、薬師如来に共に参ったりするのが楽しいようだ。

その間、お竜はとりとめもない彦太郎の話を聞いて、相槌を打ったり、虫や鳥の話が出ると、

「彦さんは、物知りですねえ」

と、感心してやることに徹した。

「ここには、おっ母さんに連れてきてもらったことがあるの？」

などと、亡くなったおみねに繋がるような話は一切控えた。

下手に思い出させたら哀しむのではないかと思ったからだ。

それでもお竜の胸は、彦太郎の手の温もりを覚える度に締めつけられた。

とどのつまり、彦太郎は亡き母の話は口にしないが、お竜に縫い物が上手であった母・おみねの面影を重ねているのだ。

それゆえ、まだ五日ばかり通っただけで、お竜に懐いて離れないのに違いない。

自分に母を重ねる彦太郎の気持ちが、一緒にいればいるほど切なくなるのだ。

次第に彦太郎も、お竜にかける言葉もなくなってきた。

お竜は何かおもしろい話でもしてあげようと思うのだが、これといって何も浮かばない。

亡き母は自分の幼い頃、どんな話をしてあやしてくれたのであろう。

それがまるで浮かんでこない。

酒乱の父から、おしんといった幼い自分を連れて逃げた母には、楽しくためになる話をする余裕すらなかったのかもしれない。

また、お竜自身もいつも何かに怯えていたので、彦太郎の想いには心が届かないのだ。

まさか、仕立屋の自分が、

「彦さん、悪い奴に苛められたら、まずこうやって相手の足を踏みつけて、動けなくしてやるのが何よりですよ」

などと、武芸について語るわけにはいくまい。

「あのお花は何というのでしょうねえ」

植木市で見つけた花を指して言うことくらいしか出来なかった。

それでも彦太郎は嬉しそうであった。

お竜の横顔を下から見上げてにこりと笑う。

お竜がそれに応えて頬笑みを返す。

彦太郎にとってはそれだけで十分なのであろう。

「どうもすみませんねえ」

笑い合って歩いていると、宇兵衛が二人の姿を見つけて小走りにやって来た。

用を終え、ここへ駆けつけてきたのだ。

「よし、そろそろ帰ろうか。お竜さんも忙しいからね。無理を言ってはいけないよ」

彦太郎は、聞きわけがよい。宇兵衛にこっくりと頷いた。

「お前はほんに好い子だねえ」

宇兵衛は、彦太郎をさっと肩に乗せた。

彦太郎はキャッキャッとはしゃぐ。

これをしてくれるから、素直に帰るのだろうか。

男親にはこういう力技があるからよい。

お竜は妙に感心してしまった。

「彦太郎は楽しかったようです。ははは、顔を見たらわかります」

宇兵衛は大いにありがたがって、

「連れて帰りますので、お竜さんはどうぞここで……」

帰ってくれるようにと頭を下げたが、

「いえ、どうせ海賊橋を渡りますので、ご一緒させてください」

お竜はそう言って、恐縮する宇兵衛、喜ぶ彦太郎と三人で〝加島屋〟へと戻ったのであった。

㈥

「明日また、よろしくお願いします……」

お竜はにこやかに言い置くと〝加島屋〟を出た。

この日は植木市に出向くことになったので、裁縫はほとんど何もせぬままに終えたのであった。

今までのお竜ならば、

「これでは叱られてしまいますよ。もう少し続けさせてもらいます」

子供の世話は遠慮させてもらいたいとはっきり宣言したかもしれない。

だが、今日は心地がよい。

思わず笑みがこぼれた時であった。

「ええなあ……」

とぼけた上方訛《かみがたなま》りが聞こえてきた。

はっとして声の方を見ると、路傍に〝地獄への案内人〟の仲間・井出勝之助がいて、ニヤリと笑っていた。

「これは先生……」

お竜はたちまちしかつめらしい表情となって、ひとつ頭を下げると、そのまま歩き出した。

「ちょっと待ちいな……」

勝之助はニヤニヤとしながら、お竜の傍へ寄ると、そのまま並んで歩き始めた。

「そんなつれない真似をせんでもええがな」

「何かご用でも？」

「用がなかったら声をかけたらあきまへんか？」

勝之助は、お竜の顔を覗き込んだ。

「わざわざ見にきてくれたのですか？」

お竜は足早に先を急ぎつつ、勝之助のニヤニヤ攻めをかわそうとした。

幸せそうな表情を浮かべて歩いているのを、冷やかしてやろうとしているのに違いないのだ。

お竜にとっては、それが何よりも恥ずかしい。

「ええなあ、ええなあ。ほんまにええなあ」

勝之助のニヤニヤは止まらない。

「だから、何が好いのですか？」

お竜は睨むように勝之助を見た。

「さっきの様子が、よかったと言うてるのや」

「どんな様子ですか？」

「油屋の旦那と倅と、仲睦まじく歩いている様子やがな。あれはどう見ても、親子連れやったなあ」

「そんな風に見えましたか？」

お竜はさらりと応えたが、満更でもなかった。

裏に回れば悪人を屠《ほふ》る〝地獄への案内人〟である彼女には、強い灰汁《あく》が身に染みている。

それが、愛らしい彦太郎の母親に見えたとは、少し嬉しいではないか。

だが、〝鶴屋〟からの頼みごとを、ただこなしているだけである。それを冷やかされては傍ら痛い。

「がらにもないと、思っているのでしょう」

「そんなことあるかいな。凄腕のお竜殿にも、やさしい女の顔が備っていると思うと、何やら嬉しゅうなってな」

「思わずからかってやろうと？」

「ははは、まあ、そう突っかかりな。〝鶴屋〟に厄介になっている身として、仕立屋お竜の様子を確かめておこうと思うてな」

「なるほど……」

お竜は顔を引き締めた。勝之助が言わんとしていることがよくわかるからだ。

鶴屋孫兵衛から、お竜が〝加島屋〟に通いで着物の仕立に出かけていると聞いて、勝之助は気になっていたのであろう。

出仕事の先が、何やら訳有りであるからだ。

彦太郎の悲運と、当代・宇兵衛の思いもかけぬ身の変遷。亡くなった妻・おみねが、何者かに殺害されたという闇――。

そんな訳有りのところへお竜が行っている。

勝之助にそれを告げたのは、

「〝加島屋〟さんから望まれて行くのですから、わたしとしては大助かりですが、お竜さんもあれこれ戸惑うかもしれませんから、少しばかり気にかけてあげてください」

孫兵衛のこのような想いが含まれているのであろう。

今の〝加島屋〟は不安定である。

世の中にはそこを衝いてくる悪人もいる。

変事に気付けば、お竜のことであるから黙ってはいまい。

とはいえ、彼女はあくまで仕立屋として行っているので、裏に回っては動きにくい。

そんな時は、やはり〝地獄への案内人〟の同志である勝之助が頼りになるのだ。

「困ったことがあったら助けてやろうという、ありがたい心尽しというわけですね」

お竜は、片手で拝んでみせた。

「同志やよってにな」

勝之助は、お竜が意図を汲んで、理解していると見て取り、満足そうに頷いた。

「で、勝さん」

「何や？」

「勝さんの目から見て、〝加島屋〟さんはどうでした？」

「そうやなあ。ちと訳有りと聞いたゆえに、気になって様子を窺《うかご》うてみたところ……」

「いつ様子を窺っていたのです？」

「あんたが店にいてへん時や」

「さすがは勝さん」

「へへへ……」

勝之助はニヤリと笑うと、

「おぬいという姑、宇兵衛という旦那、店の奉公人にいたるまでええ人揃いや。

彦太郎という倅は大人しいが、同じ年頃の子と比べると、随分と頭がよい。素直で心やさしいゆえに皆から好かれていて、やがては立派な跡取りになるやろ」

お竜が望む応えを返した。

「ええ、あたしもそう思います」

彼女の顔も思わず綻んだが、

「ただひとつだけ気になるのは、宇兵衛殿や」

「旦那さんが？」

「ああ。働き者やし、姑にも、生《な》さぬ仲の倅にも気を遣《つこ》うて、一所懸命に店を支えているのは大したものや。そもそも自分が店の主になるべき者やなかったと嘆いて、己にはまったく銭金《ぜにかね》を使わんのも偉い。金の出し入れは何もかも姑に預けているとも聞いた」

お竜は、ぽかんとした目を勝之助に向けた。

金の出し入れのことまで、いつの間に調べていたのかと思ったのだ。

ましてや、〝加島屋〟は裏稼業に関わる相手ではない。

「そういう宇兵衛殿の、どこが気になるのじゃと言うのやろ。それはなあ、あの男が持っている翳《かげ》りやな」

「翳り？」

「うむ。それが何なのかはわからへんのやが、何かこう、屈託が見えてくるのやなあ」

「屈託、ですか……」

その言葉には頷けるものがあった。

宇兵衛は、いつも穏やかで、誰に対してもやさしい表情で接するのであるが、時折ふとやりきれなさを顔に浮かべる。

その時の宇兵衛は近付きにくい、荒《すさ》んだ気を放っている。

「まあ、考えてみたら、そら屈託だらけやろうけどな。番頭になったのも夢のような話やのに、そこから先代の跡を継ぐ形で婿になったら、嫁は殺されてしもて、血の繫がらん子供だけ残されてんからなあ。たまには〝やってられるか！〟と叫びたくもなるやろなあ」

宇兵衛のことが気になるのは当り前だと、勝之助は笑ってみせた。

「色々むつかしいところはあるけれど、仕立屋が通い始めてから、皆の表情が明るなったような気がするわ」

「そいつはどうも……」

「植木市に行ってきたんやなあ。それは桔梗《ききよう》か、あんたによう似合《にお》てるわ」

勝之助は、お竜が買った桔梗の小鉢を見て、ひとつ頷くと、

「何かあったら声をかけて。しっかりとおきばりやす」

そう言って小走りに立ち去った。

気がつけば、新両替町の通りにいた。

「屈託ねえ……」

お竜は低く唸った。

(七)

それから、お竜は宇兵衛の様子にさりげなく目をやるようになった。

誰もが〝加島屋〟に起こった悲劇には同情した。

しかし、棒手振りから〝加島屋〟の番頭に迎えられ、そこから婿養子に納まった宇兵衛に、穿った目を向ける者もいよう。

「あの男は、人に取り入るのはうまいが、商人としては素人に毛が生えたようなものさ」

などと陰口を叩く者もいよう。

中にはそういう言葉を鵜呑みにして、〝加島屋〟に揺さぶりをかけてやろうと考える不埒《ふらち》な者もいるかもしれない。

――そんな奴がいたら、あたしが黙っちゃあいないよ。

お竜はそんな想いが込み上げてくる自分自身に、戸惑っていた。

今は宇兵衛の着物を縫っているのだが、それは仕立屋としての仕事である。良人《おっと》の着物を縫っているような心地になってはいないか。そこに想いが至ったのだ。

井出勝之助に、宇兵衛、彦太郎といるところが、〝親子連れ〟に見えたと言われ、満更でもなかった。

――まさか。あたしはそんな甘ったるい女ではない。

動揺が、お竜の胸の内を走る。

――違う。それは、彦さんのために思っているのだ。

そう考えると気持ちが落ち着いた。

宇兵衛を陥れるということは、そのまま彦太郎の災いとなる。

女子供を守るのが、お竜の務めなのだ。

だが、気持ちは落ち着いたものの、お竜は心と体の奥深いところに、時折温かな安らぎを覚えるようになった。

それは今まで知らなかった不思議な心地であった。

鬼神のごとく強い気持ちにもなれるし、一転して観音のような慈悲深い心にもなれるのだ。

とにかく、幼くして不幸を背負ってしまった彦太郎を守り立ててあげよう。

その想いを込めて、〝加島屋〟に難儀が降りかからないよう、宇兵衛の様子に目をやるようにしたのだ。

すると〝加島屋〟に通い始めて七日目のこと。

店へ行くと、表で宇兵衛が商人の主従らしき二人連れと話している様子に出くわした。

主人の方は、小店《こだな》の旦那風で四十絡み。従者は店の下男というところで、

「いやいや、わたしは行灯《あんどん》の油は〝加島屋〟さんと決めておりましてねえ」

主人が声高に宇兵衛に語りかけていた。

下男の手には油壺があった。

〝加島屋〟贔屓《びいき》の小店の主が、所用を足しに出かけたついでに、油を求めにきた

ということであろう。

「それはありがとうございます」

宇兵衛はにこやかに応対していたが、お竜には遠目にも彼の表情に、井出勝之助が言うところの〝屈託〟が浮かんでいるように映った。

お竜は瞬時に傍らの路地へ入り、宇兵衛の様子を窺った。

「以前から〝加島屋〟さんの油は、お安いのに質がよいと聞き及んでおりましたが、これほどのものとは思いませんでした。先だっては買って帰ってほんにようございました」

小店の主風は評判を聞いて油を買ったところ、大いに気に入ったので、今回も下男を伴い買いにきたらしい。

「やはり魚の油というのは、臭いしあちこち黒くなってしまいますから、種油に限りますな」

彼は賑やかな声で宇兵衛に世間話をすると、やがて口を押さえ、

「これはおやかましゅうございましたね……」

宇兵衛に詫びると、声を潜めて笑顔で二言三言告げて去っていった。

「ありがとうございます……」

宇兵衛は客の後ろ姿に声をかけて見送ったが、やはりその顔には、気になる屈託が浮かんだままであった。

店の油を気に入ってくれた客に応対していたゆえに抑えていたのかもしれなかったが、宇兵衛の身に何か悩みごとが降りかかったのは間違いなかろう。

客が去ってから、しばらくの間、彼は表に立ったまま、大きく息を吐いていた。

おぬいや奉公人達に、憂え顔は見せたくないのであろう。

しきりに息を整えていた。

お竜も路地を出て店へ入りたいのだが、すぐに宇兵衛の前に顔を出すのは憚られた。

困ったことになった。

もうお竜がくる頃だろうと、今頃は彦太郎がそわそわとしているはずだ。お竜としてもすぐに行きたい。

意を決して、いつもの顔で店へと向かった。

宇兵衛と真っ直ぐに向き合えば、彼の屈託の理由を知る手がかりにもなると思ったのであった。

「ただ今、参りました」

お竜は、いつも変わらぬ挙措動作で、宇兵衛に頭を下げた。

「ああ、これはどうも……」

宇兵衛は我に返ったかのような表情となり、お竜を見て小腰を折った。

そういえばお竜が店に来る時分であったと気付いて慌てたようだ。

「どうかなさいましたか？」

お竜は訊ねてみた。

「いえ、ちょっと商いのことでし忘れていたことがありましてね。慌てていたところに、お客がきて話し込まれてしまいまして、どうも落ち着きませんでね」

宇兵衛はそのように応えると、彦太郎とおぬいを呼びに店へと入ったのだ。

——なるほどそういうことか。

お竜はほっと胸を撫でおろした。

何かしなければならないことがある時に、いきなり客に話し込まれたら、そんな風にもなるだろう。

あの小店の主風の男も、相手の様子を見て物を言えばいいのに、くだらない話を交えて話し込んだのに違いない。

どこにでもあのような迷惑な客はいるものだ。

お竜は気持ちも新たに、裁縫の続きを始めたのだが、

「お竜さん、またひとつ頼まれてやっていただけませんかねえ」

半刻ばかりすると、おぬいから話を持ちかけられた。

きっと彦太郎をどこかへ連れていってやってくれという話なのだろうと察しつつ、

「はい、何でしょう」

と、平静を装い応えたお竜に、

「彦太郎に、海を見せてやっていただけませんか」

おぬいは拝むように言った。

「水遊びとかは望みません。ただ海を見せてやってくだされればよいのです」

祖母の横で、彦太郎は大いにはしゃいでいる。

また仕立の仕上がりが先に延びるが、彦太郎の嬉しそうな顔を見ると、断われるはずがない。

やはり自分は、仕立屋としての腕以前に、おみねに似ていることで雇われたのだと、お竜は改めて思った。

だが悪い気はしなかった。

「お安いご用でございますよ」

と、口が勝手に動いていた。

(八)

翌日。

お竜は朝から〝加島屋〟に出向き、彦太郎を連れて、鉄砲洲の稲荷社へと出かけた。

稲荷社は、稲荷橋の南詰にあり、江戸湊《みなと》に面している。

境内には富士の山を模した、富士塚があり、ここに登りつつ、遠く沖合を眺めることが出来るのだ。

宇兵衛は、おぬいの口から話を聞いた時は、

「度々お願いするのは申し訳ないですよ」

と、恐縮した。

しかし、彦太郎の落胆を思うと、強くは言えなかった。

先日の薬師堂の植木市の折も、彦太郎は実によく教えを守り、お竜の傍から離

れず、誰をも困らせなかった。

お竜が彦太郎を連れて歩く姿は凜《りん》としていて、隙がなかった。

「そんなら、わたしもついて行きましょう」

宇兵衛はそう言ったが、番頭の仕事も兼ねている彼は、このところ多忙であった。

「それほど遠くへ行くわけでもありませんし、ここはお竜さんにお任せすればよいではありませんか」

おぬいにこう言われると、引き下がるしかなかった。

彦太郎は、お竜との一時を過ごしたいのだ。

先日のように任せておいて、後で時が許せば、お竜と彦太郎を迎えに行くことにしたのであった。

彦太郎は朝から大はしゃぎであった。

日本橋南の繁華な通りを、お竜に手を引かれて歩く足取りは、いつにも増して力強かった。

日頃は、お竜が縫い物をしているところを見て、自分もお針の稽古をする彦太郎であるが、決して裁縫が好きなわけではないのだ。

亡母の面影をお竜に見て、近くに寄っていたい一心なのである。

本当のところは、お竜に手を引かれて外へ出て、方々駆け回って男らしい自分をも見てもらいたいのだ。

海を見たいというのもその表れといえる。

弾正橋《だんじょうばし》を渡り、本八丁堀の通りを東へ進むと、海が近付いてくる。

突き当りにある橋が、稲荷橋だ。

南に渡ると、そこに赤い塀に囲まれた鉄砲洲の稲荷社が建っている。

鉄砲洲から芝浦までの海が江戸湊である。稲荷社の前面の海が、菱垣《ひがき》廻船、樽廻船といった大型船によって運ばれてきた荷を、小型の船に積み替える場所となっている。

大小の船がひしめく湊は、大都江戸の象徴ともいえよう。

お竜は彦太郎の手を引いて、まず橋の上に並び立つと、

「あの大きな船が、大坂から油を運んでくるのですよ」

と、彦太郎に告げた。

「それを江戸で売るのが、彦さんの稼業となるのですよ。商いというのは大したもんだ……」

彦太郎にはその意味がよくわからなかったが、商う品は遠くで作られ、人の手で運ばれ船に載せられて町に着く。

それを売り捌《さば》くのが商人の仕事だと考えると、小売り店の向こうには、途方もなく大きな世界が広がっている。

そういうことが、おぼろげに理解出来ているらしい。

幼い瞳に、男の力強い輝きが生まれてきたようにお竜には見えた。

縫い物にも興をそそられ、壮大な海の景色に見入る。

「彦さんは、立派な男になりますよ」

お竜は、彦太郎の小さな肩に手をやると、そのまましばらく海を見て、稲荷社にある富士塚に二人で登ったりして楽しんだ。

——いけない。こんなことをしていては、悪人を地獄へ案内するのが嫌になってくる。

お竜の心の中に、そんな想いが浮かんだが、今は彦太郎の愛らしさに、人と戦う気力が萎えている。

これを奮い立たせることなど、到底出来まい。

無垢な子供の前では、殺気を放つことさえためらわれる。

彦太郎は、お竜に男らしい自分を見せようとしているのか、社《やしろ》の境内に入ってからは、元気に駆け廻った。

「傍から離れちゃあいけませんよ」

お竜は何度か窘《たしな》めて、彦太郎を見失わぬよう、時には自分も駆けて彦太郎を捕えた。

「おばさんには、かなわないや」

思いの外に敏捷なお竜に驚いて、彦太郎は目を丸くしたものだ。

「見て、こんなこともできるよ」

彦太郎はどこまでも自分の素早さ、強さを見せたいのであろう、富士塚をさっと登った後、境内の隅にある大きな柳の木の枝によじ登ってみせた。

「彦さんは、お猿さんのようね。身が軽いのねえ」

お竜は誉めてあげながら、木の上から下ろしてやった。

「登るのは構わないけど、しくじらないようにね。しくじれば怪我をする。彦さんは大事な人だから、店の人を悲しませてはいけないのよ」

お竜はつい、武芸の師・北条佐兵衛の戒めを口にしていた。

「武芸を使う時はしくじるな。しくじりはお前に災いとなって降りかかってこよう……」

師匠はそう言った。

考えてみればそれは誰にもあてはまることであった。

彦太郎の腕白は、ひとつ間違えると〝加島屋〟に災いとなって降りかかろう。

「どうすれば、しくじらない？」

彦太郎は、真っ直ぐにお竜を見た。

「油断をしないこと。いつもできることでも、うっかりする時もある。気を張って、日頃からしくじらないように鍛えておくのが大事なのですよ」

彦太郎は力強く頷いた。

その時であった。

「坊や、好い身のこなしだねえ」

「女相手じゃあ物足りねえだろう。おじさん達と遊ばねえかい」

二人の男が、彦太郎をからかうように声をかけてきた。

いずれも三十絡み、下馬《したうま》に三尺帯、豆しぼりの手拭いを首にかけ、雪駄《せった》をじゃらじゃら鳴らしながらこちらへ歩いてくる。

どこからみても破落戸の類《たぐい》だ。

「いやだよ！」

彦太郎は、きっぱりと応えた。

臆せず二人を睨みつけた気概は、なかなかのものである。

お竜は嬉しくなってきた。

破落戸二人は顔を見合って、

「こいつは威勢が好いや」

「気に入ったぜ」

「坊や、つれねえことを言うんじゃあねえやな」

「女と遊んでいるより、おれ達と飛んだり跳ねたりする方が楽しいぜ」

二人はさらに、お竜と彦太郎に寄ってきた。

何が目当てなのだろうか。

彦太郎を恐わがらせて、供のお竜から幾らか強請《ゆす》り取ろうというのであろうか。

銭金ですむなら払ってやってもいいが、彦太郎に絡んだのが許せなかった。

「この子が嫌だと言っているんです。どこかへ行ってもらえますかねえ」

お竜は二人を睨みつけた。

「おいおい、女だてらにおれ達に、くってかかろうってえのかい」

一人が、またからかうように言った。

「さっきから聞いていたら、女、女とうるさいよ。あんた達より、あたしの方がよほどこの子の遊び相手になるってものさ。邪魔だからあっちへ行っておくれ」

「おい兄弟、この尼、おれ達を邪魔だとぬかしやがったぜ」

「人の親切を無にしようってえのかい」

「気に入らねえ尼だ」

「邪魔なら、力尽くでのかしやがれ」

男二人が嘲笑《あざわら》うのを、お竜は黙って見ていたが、さすがに怯えた表情で、お竜の背に回った彦太郎に振り返ると、

「彦さん、ちょいとまた、木登りを見せてくださいな」

やさしく言った。

彦太郎は素直に従って、再び大きな柳の木の上によじ登った。

「何でえ、また木登りかい」

「今度は姉さん、お前が登りな、下からじっくり拝んでやるからよう」

二人は、卑しい笑いをして、お竜にさらに迫った。

「彦さん、隠れんぼだよ。目を閉じて十《とお》数えておくれ……」

お竜は木の上に向かって一声かけた。

「わかった……」

そうして、彦太郎の返事が届くや否や、右の一人の足を踏み、左の一人の鳩尾《みぞおち》に、右の拳を突き入れた。

「て、手前《てめえ》……」

右の一人はたたらを踏みつつ、お竜に摑みかかったが、お竜はそれをひょいとかわすと後ろからどんと押して、木の幹にぶつけた。

そ奴は勢い余って額をしたたかに打ち、その場に倒れ込んだ。

あっという間に二人を身動き出来なくしたお竜は、

「はい！　下りておいでなさい」

柳の木から、彦太郎を下ろして彼を抱き抱えて、さっとその場を立ち去った。

その場には人気《ひとけ》がなく、ほっとする想いであったが、五、六歩進むと人の気配を覚え、鋭い目を向けた。

彼女の四肢はいつでも戦える状態にあった。

だがその気配の正体は、柳の大樹の陰から笑って見ている井出勝之助であった。

――好いところに出てきてくれるよ。

お竜は眼光を和《やわ》らげて、

「あとはよろしく頼みますよ」

と、目で告げ、〝加島屋〟への帰路についた。

「おばさん、強いんだね！」

お竜の腕の中から地上へ下りて、共に小走りで進む彦太郎は、興奮に息をはずませた。

「彦さん、目をつぶっているようにと言ったでしょ」

「ちゃあんと、十かぞえたよ」

「数え方が早過ぎますよ！」

「でも、おばさんが心ぱいで……」

泣きそうな表情の彦太郎を見ると、お竜はもういけなかった。

握った手に力を込めると、

「そうかい？　恐い想いをさせてしまいましたね」

「こわくなんかなかったよ」

「彦さんは強いからね。でもねえ、おかしな人がいるから、しばらくの間は外へ出るのはよしましょうね」

「わかった……」

「それから、おばさんが馬鹿二人を追い払ったことは内緒ですからね」

「どうして？」

「おばさんが、恐い人だと思われるでしょう」

「そうかなあ」

「そうですよ。おかしな人が寄ってきたので、二人で逃げた……。そういうことにしておきましょう」

「うそをつくの？」

「うそではありません、こうして逃げているのですからね」

「わかった……」

「そんなら、おばさんと駆けっこですよ！」

お竜は、彦太郎に考える隙を与えずに、〝加島屋〟に帰った。

せっかくの楽しかった外出を、あんな破落戸に邪魔をされたのが、お竜には悔しくて堪らなかったが、彦太郎にはそれもわくわくとする冒険であったようだ。

「たのしかったよ！」

帰ってからは、その言葉を繰り返して、お竜をほっとさせた。

宇兵衛がちょうど店に戻っていて、

「今から駆け付けようと思っていたところだったのですが」

申し訳なさそうにお竜に言った。

お竜は、破落戸二人に嫌がらせをされたので、逃げてきた。それゆえ、思ったより早く帰ってきたのだと、宇兵衛だけにはそっと伝えておいた。

「何ですって……。おかしな奴らに……」

宇兵衛は思った以上に動揺の色を浮かべた。

彦太郎もお竜も、まったく無傷なのは見ればわかるし、彦太郎には怯えた様子もない。

女子供と見てからかってきたので、お竜が機転を利かせてその場から逃げたと捉え、

「それは、危ないところをありがとうございました。しばらくは外に出さないようにしておきましょう」

それくらいの反応に止まるかと思ったが、

「いったいどんな奴でしたか？」

彼は詳細を知ろうとして、あれこれ訊ねてきた。

お竜は呆気にとられた。

あの二人が性質《たち》の悪い奴らであれば、井出勝之助が見極めてくれるであろうし、その後の対処はそっとしておくつもりであった。

それゆえ、町の破落戸がからかってきたとしか伝えなかったので、宇兵衛の取り乱しようが意外であったのだ。

宇兵衛は小首を傾げるお竜を見て、彼女の心中を察し、

「ああ、いえ、ここの先代とわたしが知り合ったのは、破落戸に絡まれている先代を、わたしがお助けしたのが始まりでしたので、もしやあの時の連中が、仕返しをするつもりで絡んできたのかと思いましてね」

と、頭を掻いた。

「ああ、そういうことでしたか」

お竜はその一件を聞かされていたことをうっかり忘れていた。

それから件《くだん》の二人組の特徴を詳しく伝えると、宇兵衛の顔色が幾分和らいだ。

「その二人には覚えがありません。しかし、ああいう連中は、どこでどう繋がっているかしれたものではありませんので、気をつけることにいたします。お竜さんも、そうなさってください」

と、お竜を気遣う余裕も戻った。

お竜は、その後店に引き留められたが、調子に乗って〝加島屋〟に入り込んでいると思われては傍ら痛い。

寂しがる彦太郎を振り切って、店を出たのであった。

㈨

その帰り道。

お竜はどうも気分が晴れなかった。

彦太郎との一時は、思い出すにつけて顔が綻ぶ楽しさであったのだが、破落戸二人を叩き伏せたことは、果して正しかったのか、それが心の内で引っかかるのだ。

〝鶴屋〟の主・孫兵衛は、今日の一件を予見していたのであろうか。

〝地獄への案内人〟を裏稼業にするお竜の腕も、この度の通いの仕立の仕事に組み込まれていたのかもしれない。

そんな想いが頭を過《よぎ》ったが、

――あれこれ考えるのは止《よ》そう。

自分は孫兵衛に頼まれたことを、仕立屋として淡々とこなすだけだ。

彦太郎を海を見に連れて行ってやる話は、既に孫兵衛には伝わっているが、念のため今日の顚末については報せておいた方がよかろう。

思い直して足早に帰路を辿った。

すると、〝鶴屋〟のすぐ近くに迫ったところで、

「お竜さん、ちょいとお付合いくださいな」

頭上から聞き覚えのある声がかかった。

見上げると、そこは〝わか乃〟というそば屋の二階座敷。いつものように、そこから隠居の文左衛門が顔を覗かせていた。

お竜の揺れ動く心が落ち着いた。

「はい、ただ今、参ります」

お竜は店へ入ると階段を駆け上がった。

文左衛門は、今誰よりも話を聞いてもらいたかった相手なのだが、会ってまずお竜の口から出た言葉は、

「ご隠居……、もし、案内人としてのお申し付けなら、少々お待ち願えますか

……」

という断りであった。

「それなら心配には及びませんよ」

文左衛門は、いかにも楽しそうな表情となり、お竜に頬笑んだ。

「このところお竜さんが、仕立と子守の二刀流を遣っていると聞きましてな。会って話を聞きたくなりましてね」

「ふふふ、二刀流ですか」

武芸が身に沁み着いたお竜には、言いえて妙だ。

「はい、その子守の方で困っております」

「彦さんは、貴女《あなた》に亡き母の面影を見ているとか？　それが面倒ですかな」

「いいえ、そういう彦さんがかわいくて困るのです」

「かわいくて困りますか？」

「困ります……。あたしを頼りにして、じっと見つめてこられると、もう何の力も湧いてこなくなるのです」

「なるほど、正しく今がそれなのですね」

「はい。情ない話でございます」

「案内人の仕事なら待ってもらいたいというのは、そのようなわけなのですね」

「我ながらこれほどまでの甘口とは思ってもみませんでした」

「なるほど……。で、今日は彦さんを連れて外出《そとで》を？」

「はい。鉄砲洲へ海を見に行ったのですが、稲荷社におかしな連中がおりまして……」

お竜は、彦太郎といるところを破落戸二人に絡まれて、これを撃退して逃げた話を文左衛門に伝えた。

「ははは、さすがはお竜さん、何も力が湧いてこないと言いながら、いざとなれば体がきっちりと動くとはねえ」

文左衛門は楽しそうに笑った。

お竜は苦笑した。

文左衛門の言う通りであった。武芸が身についているとはいえ、あの時はいつも以上に力が湧いてきたような気がする。

「力が湧いてこないというのは、お竜さんが腑抜けてしまったわけではないのですよ。慈悲の心が生まれたのですよ。母としてのね……」

文左衛門は大きく頷いてみせた。

「母としての、慈悲の心……。子を持たないあたしがですか?」

お竜は、目を丸くした。どういうことか理解出来なかったのだ。

「子を持っていようがいまいが、女には誰にも母の心が備っているのですよ。お竜さんは知らず知らずのうちにその喜びを覚えて、一時《いっとき》殺伐とした心が消えてなくなっていたというわけです」

お竜は、ぽかんとして文左衛門を見つめていた。

その間合を計ったかのように、小座敷にそばがきとか、まぼこが、酒と共に運ばれてきた。

「まあ、一杯やって、今日の疲れを落してくださいな」

文左衛門は改めてお竜の盃に酒を充たすと、

「いつでしたかな。わたしはお前さんに、幸せにおなりなさいと言いましたねえ」

「はい」

「母としての慈悲の心、それが生まれたのです。いつの日か、よき良人、かわいい子供を得られるかもしれませんぞ」

「そんな……。あたしのような罪深い女に、そんな日がくるはずはありません」

「お竜さんは、その罪滅ぼしをして生きている。いつか罪が消えて案内人をやめる日がきますよ」

「そうでしょうか」

「人のために身を削って生きているのです。罪が消えぬはずはありませんよ。お竜さんが良人と子供と連れ立って海を見に行く……。生きている間に、そんな姿を見てみたいものですなあ」

文左衛門は、ぐっと盃を干した。

お竜もこれに倣った。

酒が胸の高鳴りを少し抑えてくれた。

――まさか自分にそんな日がくるはずはない。

頑《かたくな》な想いは和らぎ、心の隙間に薄《うっ》すらと幸せへの望みが見えてきた。

それと同時に、彦太郎のあどけない笑顔が目に浮かび、お竜の母性を激しく掻き立てていた。

二、名残の袖

(一)

「お竜《りゅう》さんは、お強いのですねえ。大したもんです」

西河岸町の油店〝加島屋《かしまや》〟に着くと、ちょうど店から出てきた手代が声をかけてきた。

表を掃き清めている小僧も、お竜を眩《まぶ》しそうに見つめている。

「何のことです？」

「昨日、若旦那をお守りして、破落戸《ごろつき》二人をやっつけたそうじゃあ、ありませんか」

「え……？」

「縫い物ができて、腕も立つなんて、恰好いいですねえ」

ふと見ると、店の麻暖簾《あさのれん》の向こうから、小さな二つの瞳が覗いている。

どうやら彦太郎《ひこたろう》が喋ったらしい。

「ああ、いえ、やっつけたなんてほどのものではないのですよ」

お竜は、とんでもないことですと頭《かぶり》を振って、手代をやり過ごすと、店に入って彦太郎の手を引いて奥へ向かった。

「彦さん……。あの話は内緒にしてと言ったでしょう」

小声で叱るお竜に、彦太郎は首を竦《すく》めてみせ、

「ごめんなさい、言っちゃった……」

と詫びたが、その顔は悪戯《いたずら》っぽく笑っていた。

「いけませんよ。男が口をすべらせるなんて」

「でも、だれかに話したくて……」

「おばさんが恥ずかしいでしょう」

「はずかしくなんかないよ。みんな大したもんだって言ってるよ」

「困りましたねえ」

こういうやり取りも、お竜には楽しかった。

彦太郎は大好きなお竜を自慢したかったのだ。

それが何とも健気《けなげ》ではないか。

いつもの仕事場の一間に入ると、おぬいが出てきて、

「やはりお竜さんにお願いしてよかったわ」

挨拶もそこそこに、お竜の顔を見て大いに感じ入った。

軽々しく跡継ぎである彦太郎を外出させるべきではなかったという後悔などは、その表情に微塵《みじん》も浮かんでいない。

「まったく頼もしい人にきていただきましたよ。この子から話を聞いて、胸のすく想いでした」

と、興奮気味に言う。

婿養子の遠慮を前に出し、何ごとにも慎重な宇兵衛《うへえ》とは正反対に、おぬいは大胆である。

「そんなことにくよくよしていたら商いはやっていけません」

と、気持ちは絶えず前に向いているし、

「ここぞという時には、勝負をかけないでどうします。それで潰れてしまうような店なら、どうせ長くは続きませんよ」

宇兵衛には、自分が〝加島屋〟の身代《しんだい》を傾けてしまったらどうしようなどと恐

れずに、どんどん攻めの商いをすればよいと勧めているようだ。

守りの宇兵衛に、攻めのおぬいが合わさって、〝加島屋〟はもっている。

そして、堅実に商いの幅を広げ、身代を大きくしているのだ。

お竜は、自分の縫い物をしている姿に亡き娘を偲《しの》び、お針を学びたいというおぬいを、暇を持て余した後家と思っていたが、今では気圧《けお》されてしまうことも多々ある。

真《まこと》の女の強さはこういうところにあるのだと、お竜は教えられた気がしていた。

「お竜さん、実はね、薩摩絣はもう一反買ってあるのですよ。もうそろそろ今のが縫いあがる頃かと思うのですけど、それが済んだら、また通いで縫っていただけませんかねえ」

おぬいは、出仕事の延長をさっそくここで持ちかけてきた。

「はい。それはよろしゅうございますが……」

お竜は断わらない。

お針を教えながら、自分もおぬいから大人の女の凄みを学びたいと思い始めていたからだ。

「そうですか、それなら心強いですよ」

おぬいは満面に笑みを浮かべた。

しかし、まったくそれとは対照的に、宇兵衛が浮かぬ顔でやってきた。

「お竜さん……」

井出《いで》勝之《かつの》助《すけ》が指摘し、お竜も頷かされた、宇兵衛特有の屈託が総身《そうみ》に現れている。

「申し訳ございません」

お竜は苦い表情となって詫びた。

昨日、宇兵衛には、おかしな奴がからかってきたので、機転を利かして、その場から逃げてきたと言っていた。

それが、彦太郎によって、嘘だとわかったのであるから、お竜は決まりが悪かったのである。

宇兵衛の心配は増したようだ。

「助けていただいたのですから、お竜さんが謝ることはありません。しかし……」

「はい。ただ逃げてきただけでなかったことを、お伝えしなかったのは、あたしがいたりませんでした」

「からかってきた二人というのは、彦太郎をどこかへ連れ去ろうとしたのですか？」

「連れ去るつもりであったかどうかはわかりませんが、しつこく、おれ達と遊ぼうと言い募ってきました」

「お竜さんが咎《とが》めたら、奴らは腕尽くでこようとした……」

「はい。それでまああたしも頭にきまして」

「たちどころに二人をやっつけたと、彦太郎から聞きました。危ない目に遭わせてしまったのですね」

宇兵衛は嘆息した。

「危ない目に遭ったというほどのものでもありませんよ。彦太郎さんが何と話してくれたかは知りませんが、あっちへ行けとあしらったのが気にくわなかったのでしょうねえ……」

破落戸二人は、女になめられて堪るかと脅してきた。

それゆえ、彦太郎を木に登らせ、隙を衝いて一人の足を踏みつけ、一人の急所を打った。

すると、足を踏みつけられた一人がたたらを踏んだので、後ろから木の幹めがけて押したところ、額を打ちつけて勝手に倒れただけなのだとお竜は伝えた。

「とどのつまり、見かけ倒しの弱い奴らでございますよ。あたしは昔、武芸の先生の許で奉公をしていたことがございました。それでまあ、弱い奴らを見ればすぐわかるようになったので、こんな奴なら恐くはないと、習い覚えた身を守る術《わざ》をちょいとばかり試してみたのでございます」

とはいえ、こんな話をすれば、〝女だてらに武芸を使う〟などと思われてしまう。

大した相手でもなかったので、その話はしなかったのだと、顔を赤らめながら告げたのである。

「こういうところが、お竜さんの奥ゆかしさではありませんか」

おぬいが横から口を挟んだ。

「はい、それはわかりますが……」

宇兵衛は歯切れが悪い。

「確かに、危ない目に遭わせてしまって、お竜さんには気の毒だったと思いますが、見かけ倒しの弱い奴らだったそうですから、そんなのは気にしなくてもいいですよ」

「とはいえ、破落戸二人は通りすがりにからかったのではなく、〝加島屋〟の息子だと初めから当りをつけていたのかもしれないではありませんか」

おぬいは泰然自若として、

「どこかの大店《おおだな》の若旦那というならわかりますがねえ、うちの彦太郎をつけ狙うような者がいますか？」

「いえ、わたしが破落戸から先代を助けたことがありましたし」

「お竜さんがやっつけた二人とは、まったく似ていないのでしょう？」

「誰かを雇ったのかもしれません」

「そんな弱いのをわざわざ雇いますかねえ。宇兵衛殿は、何ごとにおいても、少し考え過ぎではありませんか？」

「そうでしょうか……」

「まあ、いくらお竜さんが強いからといって、しばらくの間は外出を控えるべきだとは思いますが」

「ええ、それはもう。いいね、彦太郎」

「わかりました」

彦太郎は、やはりよけいなことを言わない方がよかったと、つまらなそうに頷いた。

「店の者にも、おかしなのがうろうろしていないか気をつけるように申し付けておきますが、いざという時は、お竜さんにやっつけてもらいましょう。ほほほ……」

おぬいが笑いとばして、その場は和んだ。

彦太郎にしても、植木市に続いて、以前から行きたかった鉄砲洲の海にも行けたのだから、しばらく大人しくしているのも仕方がないと諦められるというものだ。

「何かと物騒な世の中ですから、おっ義母《か》さんも気をつけてください」

宇兵衛は小さく笑って、店先へと戻ったが、お竜はその取り乱しようが気になって仕方がなかった。

家付き娘だった妻のおみねは凶刃《きようじん》に倒れたのだ。

宇兵衛が、おぬいと彦太郎を気遣うのは、当然であろう。

だが、おぬいが〝考え過ぎ〟だという宇兵衛は、何か心の内に秘めているものがあるような気がする。

おぬいはそれを見てとっているはずだ。

しかし、あえて何も問わぬのが、後家の信条なのであろう。

この店の主《あるじ》は宇兵衛なのだ。

陰日向なく〝加島屋〟のために働いている彼の姿を、おぬいはしっかりと見ている。

もし、彼が何か隠しごとをしていたとしても、それは店の主の裁量のひとつだと考えているのに違いない。

お竜は、おぬいの胆《きも》の太さに心打たれていた。

そして、鉄砲洲の稲荷社で撃退した二人のその後が気になった。

託した井出勝之助に抜かりはあるまいが、あの〝弱い二人〟が何者なのか、早くそれを知りたかった。

㈡

その日は、何ごともなく仕立を終えて、〝加島屋〟を出たお竜であった。

昔、武芸の先生に身を守る術を習ったというが、〝生兵法は大怪我の基《もと》〟である。

皆はお竜を心配した。相手がいくら強かろうが後れをとることのないお竜であると、誰も知らないのだから無理もない。

おぬいなどは、

「いっそ、うちに泊まり込んだらどうです？　もちろん、一日中、仕立仕事などすることはありませんが……」

そんなことを言ったが、その気持ちだけを受け取って、出てきたのである。

稲荷社での一件など、よくある破落戸の悪ふざけだと思っていたが、宇兵衛を見ていると、そうとも言い切れぬ。

早く井出勝之助に会いたかった。

すると比丘尼《びくに》橋にさしかかったところで、いつしか勝之助がお竜の横を歩いていた。

この男は、こういうところが気が利いている。

彼の報告次第では、このまま二人で出向かねばならないところがあるかもしれないのだ。

「勝さん、何かわかりましたか？」

訊ねるお竜の声には、〝地獄への案内人〟の凄みが出ていた。

「ああ、仕立屋がやっつけた二人は……、ははは、〝やっつけた〟とはおもしろい言いようやな」

「〝加島屋〟を覗いていたのですか？」

「ああ、あんたが店に来る前にな。えらい評判や。ははは、やっつけたか……。すまぬ、そんな話はどうでもよかったな」

「で、あたしがやっつけた二人は？」

「どこのどいつかはわからんが、大した奴らやない。放っておいたらええわ」

「二人の跡をつけなかったのですか」

「つけたよ。二人はちょっとしてからよろよろと立ち上がって、霊岸島《れいがんじま》の方へと行った。それで霊岸橋の袂《たもと》で、誰かと会《お》うていた」

「どんな奴です」

「一人は小店《こだな》の主というところで、もう一人はその奉公人というところやった」

「そうでしたか……」

お竜の脳裏に、〝加島屋〟の表で、宇兵衛と話していた小店の主と下男風の男の顔が浮かんだ。

勝之助から詳しく聞くと、正しくあの二人の特徴と重なる。

「なるほど、勝さんはそれで弱い二人を放っておいて、そっちの二人に狙いを定めたわけですね」

「そういうこっちゃ。一人で二兎は追えんよってにな」

「どんな話をしていたかは？」

「身を潜めるところがないので、あまり近寄れなんだ……」

それゆえ勝之助は、連中がどんな話をしていたかはよくわからなかったが、商人の主風は、ぺこぺこと頭を下げる二人に、苦笑いを浮かべつつも、そっと祝儀を渡し下男風を連れてその場から立ち去ったという。

勝之助は注意深くあとをつけた。すると、

「まず、こっちの思惑は奴に伝わっただろう。それで十分さ」

主風がそんな話をしていたのが、聞こえてきた。

「そう容易《たやす》く足が洗えると思ったらいけねえや……」

という下男風の言葉と共に。

「仕立屋、心当りがあるようやな」

「大ありさ」

「それはよかった」

「奴らの住処《すみか》は？」

「芝の天徳寺門前の仕舞屋《しもたや》」

「さすが勝さん、恩に着ますよ」

「それほど難しい仕事でもないがな。これから面《つら》を拝みに行ってみるか」

「そんならさっそく」

「よっしゃ。道行《みちゆき》と参ろう」

二人はそのまま南へ歩き、土橋を渡って、愛宕山の裏手に位置する、天徳寺の門前まで足を延ばした。

門前の繁華な地から外れたところに、寺の境内に続く木立があり、その向こうに数軒の借家が建っている。

勝之助は大きな欅《けやき》の木の下で立ち止まり、幹の陰から、一番隅の一軒を指さして、

「あそこが奴らの住処や。そやけど夜にならんと近寄り辛いな」

「そのようで……」

日が高いうちは、それなりに人通りもあるし、先日お竜が〝加島屋〟の前で見かけた奴と同じであれば、お竜も出入りの仕立屋として件《くだん》の二人に顔を知られて

いる恐れもある。

ここは慎重にかかるべきだ。

勝之助は手にしていた編笠を目深《まぶか》に被ると、

「じっとしていても埒《らち》があかん。ちょっと見てこよう」

木陰を出て、すたすたと目当ての家へと近寄って、外から中の様子を窺ってから、表の格子戸を叩いた。

中から男が顔を出し、編笠を被った浪人姿の勝之助にやや気圧された様子で、

「へい、何かご用で……」

怪訝《けげん》な顔を向けた。

「ここは天竺六兵衛という者の家だと聞いたが、違《ちご》うたかな」

いつもの上方訛《なま》りは封印して、立派な武家の物言いで勝之助は問う。

「そいつは何かの間違いでしょう。そんな人は知りませんぜ」

男は表まで出てきて応えた。

お竜の目が光った。

――あいつだ。

そ奴は、先日〝加島屋〟の表で宇兵衛と喋っていた小店の主風の供をしていた

男に違いなかった。

「左様か……。知らぬか……。まさか、隠し立てしているわけではあるまいな」

勝之助は右の袖に入れていた手首をゆっくりと出した。

腰には打刀《うちがたな》を落し差しにしている。いざとなれば斬って捨てるぞという意思表示といえよう。

「隠し立てなんてしてませんよう。困った旦那だなあ」

男は両手を前に出して、しかめっ面をした。

この男には勝之助の腕のほどが、その物腰でわかるのであろう。

すると、家の中からさらに男が出てきた。

――やはりそうだ。

お竜はその男が、小店の主風であると見てとった。

「旦那、何のことだか知りませんが、悪い冗談はよしにしてくだせえ」

と、勝之助を詰《なじ》った。

「何ならお調べいただいても構いませんぜ」

勝之助は小首を傾《かし》げて辺りを見廻し、

「ここは同朋《どうぼう》町ではなかったか？」

と、問うた。

「違いますよ。同朋町はもっと南へ行ったところでさあ」

男二人は、やれやれという顔をした。

「これはすまぬ！」

勝之助は力強い声で詫びた。

「天竺六兵衛というのは悪い奴でな。行方を追っていたところ、この辺りに潜んでいるとの噂を聞いて探していたところだったのだ。まったく、おれとしたことが恥ずかしい限りだ。ならば御免」

勝之助は小腰を折ると、二人と別れて参道へと向かった。

「やれやれだな。哲三《てつぞう》、あの武家は、なかなかの腕利きのようだぜ。人違いではっさりやられちゃあ堪らねえや。気をつけねえとな」

主風は吐き捨てて家の中へと入った。これに下男風が続く。こ奴の名は、哲三と知れた。

やがて主風の男の名は、喜兵衛《きへえ》であると知ることになるのだが、いずれにせよあの二人は堅気ではない。

「いやいや、わたしは行灯《あんどん》の油は〝加島屋〟さんと決めておりましてねえ」

などと、人のよさそうな商人に見えた男は、身を偽って宇兵衛と会い、何かを企んでいるのは明らかだ。

あの時、宇兵衛は随分と慌てているように思えた。お竜が声をかけると、

「いえ、ちょっと商いのことでし忘れていたことがありましてね。慌てていたところに、お客がきて話し込まれてしまいまして、どうも落ち着きませんでね」

彼はそのように取り繕ったが、どうやら喜兵衛、哲三とは以前から顔見知りのようである。

——宇兵衛さんには、何か深い闇がある。

お竜は、いても立ってもいられなくなり、ひとまず勝之助のあとを追った。

かくなる上は、元締の文左衛門《ぶんざえもん》に次第を話し、調べにかけた方がよいと、お竜は考えていた。

㈢

その翌夜。

呉服店〝鶴屋《つるや》〟の裏手にひっそりと佇《たたず》む、文左衛門の住まいに、お竜と井出勝

之助はいた。

昨日、喜兵衛と哲三が、宇兵衛と何らかのしがらみがあるとわかり、お竜と勝之助は文左衛門に相談した。

すると文左衛門は、〝加島屋〟には何か災いが降りかかっているのではないかと、以前から見ていたのだと二人に打ち明けたのである。

文左衛門は、〝加島屋〟の先々代とは誼《よし》みがあった。

〝鶴屋〟が〝加島屋〟の油を使っていたことから、孫兵衛《まごべえ》を通じて碁に興じたりしていたのだ。

しかし、元禄期の豪商・紀伊國屋《きのくにや》文左衛門から数えて五代目にあたる彼は、ひっそりと隠居暮らしを送りたかったので、商いにいそしむ旦那連中とは深く関わらないようにしていた。

紀伊國屋の看板は下ろしているが、未だに残る財産は莫大なもので、方々に息のかかった商店を持つ文左衛門である。

交誼を重ねるうちに、付合いが欲得に絡む恐れも出てくるかもしれない。

それを避けたかったのだ。

〝加島屋〟の先々代は、文左衛門の正体にあるいは気付いていたのかもしれなかったが、商いについての相談や愚痴は一切口にせずに、付合ってくれた。

そして、知り合ってすぐに亡くなってしまったのである。

文左衛門は、〝加島屋〟のその後を案じたが、番頭から娘婿となった先代・宇兵衛は好感が持てる男で、商いが落ち着いたら、一度碁に誘ってみようかと思ったものだ。

だが、志半ばで病に倒れ、新たに迎えた番頭に跡を託した。

その番頭が現・宇兵衛で、文左衛門はそっと見守り、彼にも好感を抱いていた。

ところが、今の宇兵衛が後添いの夫となってすぐに、おみねが非業の死を遂げた。

この不幸続きに、文左衛門は〝加島屋〟が気になり始めていた。

そこへ、先々代の妻・おぬいがお竜を気に入り、通いで着物を仕立ててもらいたいという注文を孫兵衛にしてきたと聞いた。

孫兵衛は、〝鶴屋〟が抱える仕立屋であるお竜に、出仕事はさせたくなかった。

亡き娘に似ているといわれても、お竜とて戸惑うだろうと思ったからだ。

「いや、孫兵衛さん、お竜さんが行くように手配をしてあげてくれませんかねえ」

それを文左衛門が、そのように仕向けたのだ。

昨日勝之助と共に、怪しい二人組について相談をしに出向いたお竜は、そうと聞かされ、

「やはりご隠居が……。そんな気がしておりました」

と破顔したものだ。

文左衛門が自分のために、あえて〝加島屋〟に通わせてやろうと思った意味合いがよくわかるからだ。

文左衛門は、おぬいとは、ほとんど顔を合わせていないが、予々《かねがね》その噂は聞き及んでいた。

明るくて芯が強く、いざという時の度胸をも備えている。

そして、彦太郎は聡明で、我慢強いが心の内では母のやさしさを求めている子供だそうな。

この二人と接すれば、お竜の閉ざされた心の扉が少し開き、いつか自分も所帯を持ってみたい、そんな気持ちになるのではなかろうか――。

実際通ってみて感じたことを並べてみると、そこへ辿り着く。

そしてもうひとつ。

〝加島屋〟の不幸続きには、何か曰《いわ》くがあるのではあるまいか。

お竜ならば、その辺りの気配も悟るのではなかろうかという期待が含まれていたのだ。

「ご隠居のお蔭で、色々と学ばせてもらいました」

と、お竜は文左衛門の厚情に感謝すると、これまでの経緯《いきさつ》を詳しく話したのであった。

それならば、謎の商人の主従風は、また必ず宇兵衛の前に現れよう――。

文左衛門に相談をした翌日も、お竜はいつものように〝加島屋〟へ通い、件の二人の出方を、勝之助に加えて文左衛門の従者・安三《やすぞう》が、そっと窺った。

すると、果して二人は、以前お竜が見た通り、油を買い求めて世間話にしばし興じる商人主従を演じ、宇兵衛と会った。それを安三が見届けた。

そして宇兵衛は、件の二人と言葉を交わしてから、すっかりと顔色が悪くなった。

何か思い詰めたような様子が、お竜が店に入ってからも一日続いた。

文左衛門は夜になって、お竜と勝之助に再び招集をかけたのであった。

そしてこの時には、二人が喜兵衛、哲三と名乗っていることも突き止めていた。

安三は二人に異変がないか探るために、今も張り付いているが、繋ぎがないところを見ると、今日は宇兵衛に何かを告げた後、何ごともなく住処に戻ったらしい。

「どうやら、宇兵衛さんには、人に知られたくない過去があるようですな」

文左衛門が考えを述べた。

勝之助が神妙に頷いて、

「あの二人は、その時の仲間であったようですねぇ」

「もしくは、今もつるんでいるのかもしれません」

文左衛門の表情が厳しくなっていく。

「そうは思いたくありませんが……」

お竜は悲痛な表情を浮かべた。

「そうですな」

文左衛門は、お竜の想いを推し量って目を閉じた。

宇兵衛が、喜兵衛、哲三とつるんでいるとなれば、家付きであった女房のおみねを、連中と共謀して辻斬りに見せかけ殺したのではなかったかという疑惑すら出てくる。

だが、文左衛門は、おみねの死後、そっと〝加島屋〟の様子に目を光らせてきたが、宇兵衛の店への献身ぶりには涙ぐましいものがある。

自分が店の主になった後、その身代を我が物にするため、連中と共謀しておみねを殺したとは考えられない。

それはお竜の目から見ても明らかだ。

宇兵衛はかつて悪事に手を染めていた頃があったが、そこから立ち直り、〝加島屋〟の主にまでなった。

それに気付いたかつての仲間が喜兵衛と哲三で、宇兵衛にたかりにきたのではなかろうか。

しかし、宇兵衛の反応が芳しくないので、彦太郎に破落戸を差し向けて、まず脅しをかけたと考えられよう。

三人の考えはそれで一致したが、この先どうなるかが案じられる。

宇兵衛は、おぬいに金銭はすべて託していて、自分は仕事で使う分しか手にしていないという。

かつての仲間にたかられたとて、ほんの目くされ金しか渡すことは出来まい。

それでは、喜兵衛と哲三も黙って引き下がりはしまい。

きっと、宇兵衛にまとわりつき、

「そう容易く足が洗えると思ったらいけねえや……」

と、強請《ゆす》り続けるであろう。

そのうちに、金銭はそっくりおぬいに出し入れを任せている、などと知れたら、おぬいの身が危なくなるかもしれない。

連中は既に彦太郎を恐わがらそうとして、破落戸二人を雇い嫌がらせをしている。

宇兵衛の苦悩は極まっているのではなかろうか。

「宇兵衛さんは今、塀の上を歩いているのでしょうな。まっとうな暮らしと、悪党共の住処との境目のね……」

悪い方へ落ちたとすれば、〝加島屋〟はこの先ずっと食い物にされるであろう。

とはいえ正義を貫かんとすれば、悪党共は宇兵衛の昔を暴き立て、店にいられなくするはずだ。

となれば、〝加島屋〟はどうなるだろう。

彦太郎の養育と、店の差配をおぬい一人に任せるのは酷というものだ。

いずれにせよ難儀は付きまとう。

「そこで、我らの出番でござるかな」

勝之助は威儀を正したが、

「まず念のため、宇兵衛さんについて調べるのが先ですね」

お竜は冷静に言った。

宇兵衛の暮らしぶり、これまでの勤めぶりは、どの面から見ても申し分がない。

だが、〝加島屋〟に災いを持ち込んだのが宇兵衛であれば、そこはよく見極めねばなるまい。

「お竜さんの言う通りですな」

文左衛門はにこやかに頷いた。

情に流されず冷静さを保つお竜に、満足したのだ。

「だが、調べる前に、まず宇兵衛さんの口から、真実を語ってもらうことですな。あの人は、おぬいさんにも打ち明けられず、思い詰めて自棄《やけ》になっているかもしれません……」

文左衛門はそう言うと、立ち上がって障子窓を開けて風を入れた。

思いもかけぬほどに涼しい風が、一間の内を吹き抜けた。残暑の終りを感じさせるこの一時が、何故かお竜を切なくさせた。

(四)

さらに翌日となり、お竜はこの日、いつもより一刻ほど早く〝加島屋〟へ出向いた。

彼女の姿を目敏《めざと》く見つけたおぬいが、彦太郎と共に、

「お竜さん、お早いですねえ」

抱きつかんばかりに出迎えたが、

「いえ、今日はお針の前に、少しばかり旦那様にお訊ねをしておきたいことがございまして……」

お竜はゆったりと頭を下げた。

「わたしに訊ねたいことが？」

そこに宇兵衛が現れて、小首を傾げてお竜を見た。

相変わらず穏やかな表情を崩さないが、目はどこか空《うつ》ろで、屈託を呑み込もうとしている痛々しさが窺える。

お竜は努めて明るく宇兵衛を見て、

「これは旦那様……、ふと考えてみましたら、あたしは旦那様のお仕立物をしながら、旦那様の着物の好みなどを何もお訊きしておりませんでした。それが気になりまして」

と告げた。

「わたしの着物の好み？　そのようなものはこれといって……」

宇兵衛は口ごもったが、

「どんなことでも構いません。着物の好みでなくても、色や布地……、ふふふ、人の好みでも構いません。色々お話を伺った上で、仕上げとうございまして」

「そうですか……」

戸惑う宇兵衛であったが、

「なるほど、お竜さんの言うことはよくわかります。宇兵衛殿は、着物や履物、小物まで、何でもお任せします……。それではかえってこちらも調《ととの》え辛いというものです」

横からおぬいが口添えをした。

「いけませんか？」

「いけませんねえ。このところは何だか難しい顔をしてばかりで、それでは着物の仕立甲斐もありませんよ。ついでに悩みがあるならお竜さんに聞いてもらって、もっと好い顔におなりなさい」

おぬいに言われると、宇兵衛は声を詰まらせた。

貧しい棒手振りであった自分を、我が子のように思ってくれる姑に、何か言われる度に、胸がいっぱいになるのだと、宇兵衛は日頃から周囲の者に洩らしていた。

「さあさあ、後がつかえているのですからね、向かいのおそば屋さんにでも行って、お竜さんと話しておいでなさいな」

おぬいは有無を言わさず、宇兵衛をお竜と共に向かいのそば屋へ押し込んだ。

その際、おぬいは何か意味ありげにお竜に頷いてみせた。

それは、

「わたしに言えないことも、あなたになら話すかもしれません。どうか聞いてやってください」

と、語りかけているように思えた。

そば屋には小座敷があり、込み入った話をするにはちょうどよかった。

おぬいは、二人をそこへ入れて、注文も勝手にして店へと戻った。

すぐに小鉢物と酒が出た。飲めば少しは話し易くなろう。食べてばかりでは話になるまい。おぬいの気遣いは、真に行き届いていた。

口には出さねど、彼女は宇兵衛に起こった感情の変化に気付き、それなりに気を揉んでいたのであろう。

お竜がちろりの酒を注ぐと、

「そんなら一杯だけ……。あとは勝手にやりますので」

宇兵衛は一杯だけ受けて、あとは手酌でやりだした。

お竜にどんな話をすればよいのか、宇兵衛も飲まねば心も体もほぐれないのだ。

「お竜さん、わたしに訊きたいことというのは、着物の好みなどではないのでしょう？」

やがて宇兵衛は、意を決したように、お竜を見た。

「はい。仰る通りでございます」

宇兵衛の口ぶりから、彼は誰かに話をしたかったのだと、お竜は察した。そして、宇兵衛は自分を信用してくれていると——。

お竜は一気に問うべきだと思った。

宇兵衛については、よく調べねばなるまいと、文左衛門には告げた。

しかし〝加島屋〟に通い始めて、まだ半月にも充たないものの、お竜は宇兵衛の傍にいて、彼の男としての誠実さを確信していた。

かつてとんでもない男に騙《だま》され、酷《ひど》い男を目《ま》のあたりにしてきたお竜には、男の真心がわかるのだ。

彦太郎によって、お竜の身には母性が備っていると知れた。その母性が、生《な》さぬ仲とはいえ、彦太郎にとって大事な父親を、何としてでも懊悩《おうのう》の地獄から救い出してあげたいと疼《うず》いていた。

ただ武芸を使って助けたとて、人を心の苦しみから救ってあげることは出来ない。

抗《あらが》い難い身の定めに翻弄され、人は心ならずも罪を犯してしまうこともある。

その罪は償うことは出来ても決して消えはしない。

今もその苦しみから脱しきれていないお竜には、宇兵衛の魂の叫びが聞こえるのだ。

まず人に己が後悔を打ち明けて、はっきりとしたものにすることが、心の苦痛を少しでも和らげる術《すべ》となるのを、お竜は知っている。

「旦那様は、よからぬ者から脅されている。そうですね」

お竜は核心を衝いた。

「お竜さん……」

宇兵衛は、まじまじとお竜の顔を見た。

動揺を悟られまいとする気持ちと、お竜にすべてを打ち明けることで、己が真を確かめたい想いが、彼の心の内で葛藤しているのがお竜には読めた。

「時折、店に油を買い求めにくる二人連れが、そうなのですね」

お竜はすかさず言った。

宇兵衛は、信じられないという表情を浮かべたが、お竜は間髪を入れずに、

「実は、彦太郎さんに絡んできた破落戸が、あの二人と会っているのを見てしまったのです」

と、迫った。

宇兵衛に怒りの表情が浮かんだ。彦太郎にちょっかいを出してきた二人は、連中が雇った者達であったと察してはいたが、今改めて告げられると、腹が立って仕方がなかった。

「そうでしたか……。お竜さんは、その場を見たのですか……」

「はい。これも何かのご縁だと思っています。どうか、今旦那様にどんな難儀が降りかかっているのか、教えてくださいませんか。あたしに話したとて、どうなるものでもないかもしれませんが、僅かでもお役に立てるかもしれません。あたしもこのまま、知らぬ顔をしているのは辛《つろ》うございます……」

お竜はたたみかけた。

宇兵衛はしばらくの間、腕組みをして思い入れをしたが、やがて大きな溜息をついて、

「わかりました。言えばあなたが危ない目に遭うかもしれないと、一人で胸の内にしまってきましたが、かくなる上はお話しいたしましょう」

宇兵衛は、立て続けに酒を飲み、己が屈託の種を、残らず吐き出したのであった。

(五)

加島屋宇兵衛こと庄造は、貧しい車力《しゃりき》の子に生まれた。

子供の頃から父親の仕事を手伝い苦労を重ねたが、父を亡くした後はその分身

寄りのない者の気楽さゆえに、一時荒《すさ》んだ暮らしを送ったことがあった。

「とはいっても、若い頃なら誰にだってある、物珍しさゆえのことでした……」

人が溢れる江戸の町で、

「おれはここにいるぜ！」

と、叫びたかったのだ。

恰好をつけて、酒と女に走り、博奕《ばくち》に手を出し始めた。

孤独な若者にとって、博奕の勝負は実に楽しく引き込まれるものであった。

僅かな銭が、黄金《こがね》色に輝くこともある。

だが、博奕で蔵を建てた者はいない。

その理屈はわかっているはずなのに、若さが先走りしてしまう。

気がつけば借金が嵩《かさ》んでいた。

博奕の借金は容赦のない取り立てが待っている。

片腕をへし折られるくらいの目に遭う者も珍しくなかった。

博奕で借金を重ねるような奴は、どうせ生きていたって世の中の役に立つわけでもない。その辺りのごみと一緒に捨てられたとて誰も困る者はないのだ。

庄造は後悔したが、悔い改めんと思ったとて、借金が減るわけでもない。

窮したところを助けてくれたのが、喜兵衛というやくざ者であった。

彼は博奕場での庄造の借金を、どういう術を使ったのかしらないが、上手く片付けてくれた。

悪党同士の貸し借りがあるのだろう。

踏み倒すところは踏み倒し、いくらか払うことで帳消しにしてもらったり、裏の道にはそれなりのやりようがあるのだ。

だが感心している場合ではなかった。

博奕場での借りは消えても、今度は喜兵衛に借りが出来る。

「困った時は助け合うのが渡世人ってものさ」

喜兵衛は涼し気に語るが、

「ちょいと助けてくれねえか」

と言われると断ることは出来ない。

車力をしていた庄造を、喜兵衛は闇の荷運びに使った。

主に盗品の運搬であったが、

「お前は知らぬ顔をして、ただ運んでくれたらいいんだよ」

そう言われると気持ちも楽になり、何度か喜兵衛の頼みを引き受けた。

喜兵衛はその都度、過分の運び賃をくれた。

悪事に手を染めている後ろめたさはあったが、借金を消してくれた上に、割の好い仕事を廻してくれるのだから、

「仕方がねえや」

と、割り切れた。

金を貯めて、いつか自分で商売をしよう。

その想いが芽生えたので、喜兵衛の仕事をありがたく受けたのだ。

とはいえ、〝知らぬ顔〟をして運んだとて、これは立派な犯罪である。そのうちに庄造は喜兵衛一味の悪党に組み込まれていった。

「この荷は、念入りに菰《こも》をかけて、気をつけて運んでくんなよ」

ある日、喜兵衛に頼まれて運んだのは、何者かの骸《むくろ》であった。

明らかに悪事に絡んで始末された者で、

「まず荷船まで運んでくれたらいいや。あとは船の連中が沖合まで運んで、重しをつけて沈めてしまえば鱶《ふか》の餌だあな」

ニヤリと笑う喜兵衛を見て、庄造に戦慄が走った。

噂によると、喜兵衛は侍崩れで長い物を持たせると、恐るべき凄腕であるそう

な。

まかり間違えば、自分もこの骸になってしまうのであろう。

そう考えると、先行きに大きな不安を覚えた。こんなことを続けていたら、そのうちにお縄になって、島送りになるだろう。

「いっそ江戸を出て、遠くで暮らそう……。そう思っていたら、喜兵衛が江戸から消えてしまったのですよ」

庄造は胸を撫で下ろした。乾分《こぶん》の哲三も一緒に消えてしまった。

あの骸にまつわることで、江戸にいられなくなったのだろう。

自分にも何か累《るい》が及ぶかもしれないと思ったが、そんな様子もない。

この機会に、貯めた金を元手に商いを始めようと思い立ち、棒手振りとなって行商をしたところ、自分の商才に手応えを覚えた。どんな品物も、まず売れ残ることはなかったのだ。

売る品の選び方、値段の付け方、誠実に振舞えること、車力で鍛えた体の強さ――。

それが巧みに合わさると、商いはうまくいくと知れて、日々の仕事が楽しくなってきた。

そうして充実した日々を送っていると、

「喜兵衛が、ひょっこりとわたしの前に現れたのです」

庄造は思わず身構えてしまった。

「わたしはもう堅気となって、何とか暮らしていけるようになりました。あの時の恩は忘れてはおりませんが、もう危ない仕事はしたくはありません」

立派な商人になって、その時は礼をさせてもらいますと、断りを入れたのである。

「そうかい。そいつはよかったな。荷運びなんぞは誰にでも頼めるってもんよ。お前が大店の主になる日が楽しみだ。だがよう、金を掴めば力も掴める。訪ねていったおれを叩き出す、なんてこたあしねえでくれよな」

意外や喜兵衛は、庄造が棒手振りを始めて、堅実に暮らしていることを喜んでくれた。

その上で、

「おれも色々あってよう。もう危ねえ橋を渡るのも疲れちまったぜ。何か好い稼業があったら教えてくんな」

そんな殊勝なことを言って、永久橋の袂に美味《うま》いおでん屋台があるのだと、庄造をそこへ誘った。

庄造は喜兵衛がすっかりと改心したかと思って、これに付合ってあれこれ話した。

すると喜兵衛は、西河岸町に〝加島屋〟という油屋がある。ここの油は上物だが今ひとつ知られていないから、頼んで売り歩かせてもらったらどうだと言う。

「なるほど、油をねえ」

「うっかり切らせてしまうことがあるだろう。そこへ上物の油のお通りとなりゃあ、食いつく人もいるんじゃあねえかい」

「だが、あっしみてえな、どこの馬の骨か知れねえような者に任せてくれますかねえ」

「そこは何度も頼み込むんだなあ。旦那は宇兵衛さんといってな。なかなか好い男だそうだ。いつもこの時分にここら辺りを通るってえから、うまく知り合いになりゃあいいじゃあねえか」

喜兵衛はそのように勧めてくれた。

既に色々と調べをつけているところが、庄造には気味が悪かったが、

「実はおれもどこかで小売りの油屋を出してえと思っているのさ。おれの親父は

油屋でなあ。博奕で店を手放しやがったのさ。その仇討ちをしてえと思っていて、その下調べをしているってわけよ」

そう言われると、納得してしまった。

すると、屋台の向こうに一人の商人風の男が通り行くのが見えた。

「あの人が、〝加島屋〟の宇兵衛さんだよ。よく顔を覚えておくんだな」

その男を指して、喜兵衛は言う。

物腰が穏やかで、それでいて精悍な顔をしている。庄造は一目見て好感が持てた。

ところが、宇兵衛の前に二人の破落戸が立ち塞がり絡み始めた。どうやら小遣い銭をねだっているらしい。

「生憎《あいにく》わたしは婿養子の身なんだ。勝手になるお金など一銭も持ち合わせておりませんでね」

それを、宇兵衛はきっぱりと断わった。

「何だと……。下手《したて》に出て頼んでいるってえのに、偉そうな口を利きやがって……」

破落戸は、腕尽くで迫らんとした。

「庄さん、助けておやり。おれはあれこれほとぼりが冷めてなくてな、喧嘩で目立ちたかあねえんだ。また会おうぜ……」

喜兵衛は騒ぎになって巻き込まれるのを恐れたようで、庄造にあとを託して立ち去った。

庄造はやむなく、今にも殴りかかりそうな破落戸の前に割って入った。

「ちょいと待ちなよ。銭が欲しいなら手前《てめえ》で稼ぎな。人様にたかるより、その方がよほど心地がよいと思うがねえ」

庄造は破落戸を諭した。威勢はよいが、相手は二人共に、ひょろりとした痩せぎすで、脅しの術には長《た》けていても、いざ喧嘩になると、さほど強くないのが見てとれる。

「何だ手前は……」

「お前が相手をするってえのか！」

二人は凄んだが、

「おれも親に早く死に別れてねえ。ちょっとばかりぐれたこともあるからわかるんだよ。棒手振りの仕事なら世話をするから、料簡《りょうけん》してくれよ」

庄造は辛抱強く諭した。

破落戸二人は聞く耳を持たない。

「そこをのきやがれ！」

「頭にくる野郎だ！」

ついには殴りかかってきたが、庄造は一人の手を捻《ね》じ上げて、思い切りもう一人にぶつけた。幼い頃から喧嘩は強かった。

「頭にくるのはお前達だ！　とっとと失《う》せろ」

ついに庄造が怒りを爆発させると、二人は敵わぬと見て、捨て台詞《ぜりふ》を残しつつ逃げ去ったのであった。

㈥

「それからは、お竜さんがお聞き及びの通りです。先代に気に入られて、油の行商をさせてもらうようになって、番頭として迎えられ、先代が亡くなった後は、この店の主に……」

思いがけないことに、この縁を繋いでくれたのは喜兵衛であったのだ。

その喜兵衛は、以後、庄造の前には再び現れなかった。

今頃はどこかで油屋を開いているのであろうか。それともやはり江戸には居辛くなり、また旅に出てしまったのだろうか。

気にはなったが、宇兵衛となった後は多忙を極めた。

〝加島屋〟の主となり、彦太郎の父となったかと思うと、おみねが非業の死を遂げ、喜兵衛のことなど考える余裕もなかったのだ。

「ところが、つい一月《ひとつき》ほど前に、喜兵衛が哲三を連れて、わたしの前に現れたのです」

お竜の前で、宇兵衛に戻った庄造は、やり切れぬ表情を浮かべた。

「油を買いにきた小店の主と奉公人を装って、旦那様に会って、脅しをかけてきたのですね」

お竜は身を乗り出した。

宇兵衛はゆっくりと頷いた。

「おれを忘れてはいないだろうなと、念を押してきたのです」

喜兵衛は腰の低い商人を演じつつ、世間話の中に、

「お前が〝加島屋〟の主になるとはなあ、大したもんだぜ。先代の宇兵衛がお前を気に入れば、もしかして店に引き入れるかと思ったが、ここまでとは恐れ入っ

たぜ。こいつはひとつ貸しだな」

「貸し？」

確かに、先代・宇兵衛の立廻り先に繋がるところへ連れていき、先代の姿を見せた上で油の行商をさせてもらえるよう頼めと勧めてくれたのは喜兵衛であった。

しかし、あの日喜兵衛は、騒ぎに巻き込まれるのはご免だと、さっさと消えてしまったではないか。

「恩には着ますが、貸しだと言われては、いささか傍ら痛《いと》うございますよ」

宇兵衛はさすがに気色《けしき》ばんだが、

「あの時のことについちゃあ、ちょいとばかり、おれも元手をかけているんだぜ。あん時、都合よく出てきて先代に絡んで、お前に追い払われた野郎二人は、おれが雇ったんだよ」

喜兵衛は嘲笑《あざわら》うように言った。

つまり、永久橋の袂近くの屋台へ宇兵衛を誘ったのは、その辺りを先代が通ると知っていたからで、そこへわざと破落戸二人を絡ませて、宇兵衛に助けさせたのだ。

「その方が、お前は手っ取り早く先代に気に入られると思ったからよ」

「わたしを騙したのですね」

「ああ、お前のためを思ってねえ。また、油を買いにきますよ」

その日は、そう言い置いて喜兵衛は帰っていった。

それから何日かして、喜兵衛はまた油を買いにきて、

「先代は胸に病を抱えていたようだからね。気が弱っているから、お前を頼りにするのではないかと思っていたよ」

と、先代の体のことまで知った上でのお膳立てであったと告げて帰った。

そしてその次が、お竜が遭遇した日であった。

「〃加島屋〃の旦那さん。昔の誼みで、わたしにいくらか都合をつけてくれませんかねえ」

お竜が聞けなかった会話には、喜兵衛のそんな無心が含まれていたそうな。

「十両くらいなら何とかしましょうと応えたら、彦太郎が何者かに絡まれたとのこと。これはどう考えても喜兵衛が脅しをかけてきたと思いました。それでまた油を買いに現れたので問い詰めたのですが、喜兵衛はとぼけてばかりで……」

と、無念を口にした。

しかし、お竜は彦太郎に絡んできた破落戸が、喜兵衛、哲三と会っているのを

見かけたという。

「あれは、おれをなめるなという脅しなのです。わたしは金の出し入れだけは未だにおっ義母《か》さんに任せていますが、それを伝えれば、今度はおっ義母さんに何かしてくるかもしれません……」

「旦那様は、それで悩んでおいでなのですね」

「はい。奴にしてみれば、わたしは今でも仲間なのでしょう。一度悪事に手を染めたら、そこから抜けられないのでしょうかねえ。だがお竜さん、これも何かの縁だと思ってくださるなら……わたしは奴らの仲間ではありません。奴らをお上に突き出せば、わたしも罪を問われましょう。わたしなどどうなってもいいが、彦太郎とおっ義母さん、〝加島屋〟が気がかりで仕方ありません。せめてあと十年、わたしを引き上げてくださった先代への恩返しに、勤めていたいのです」

宇兵衛は悲痛な声をあげた。

「わかります。あたしもそれが何よりだと思いますし、そうあってもらいたいと願っております」

お竜は湧きあがる怒りを抑えて、あくまでも出入りの仕立屋の女として、宇兵衛の悲しみに付合った。

「このことは決して口外いたしませんが、旦那様はどうなさるおつもりで？」

「ひとまず奴らと話してきます」

「大丈夫ですか？」

「なに、わたしを殺せば〝加島屋〟から金を引き出せなくなります。そこは大丈夫でしょうが、いくらで話をつけるつもりなのか……。明日の夜四つに奴らを訪ね、それを聞いた後、おっ義母さんに何もかも打ち明けて相談をするつもりです」

宇兵衛は腹の底から絞り出すような声でお竜に告げたが、少し表情に赤みが戻った。

「いずれにせよ、お竜さんに話を聞いてもらって、少し気が晴れました。ありがとうございます」

「いえ、出過ぎたことをしました。お許しください」

「ひとつだけお願いしておきます」

「はい」

「今、お話ししたことはお忘れください。わたしに何が起ころうと、何も知らぬ体《てい》でやり過ごしてください。この上あなたに迷惑はかけたくありません。よろしいですね」

宇兵衛は、お竜に言い置いた。

お竜は黙って頷いたが、胸の内は複雑であった。

彼女は、宇兵衛の言い分を吟味して、その裏をとらねばならない。庄造の頃に、喜兵衛の仲間であったとなれば、彼がおぬいと彦太郎に危害を加えるかもしれないという疑いは依然残る。

しかし、お竜は一人の女として、手放しで宇兵衛の話を信じ、彼の苦悩を聞いてあげたかった。

「あたしからもお願いが……」

「何でしょう」

「今日は、泊まり込みで縫い物の仕上げをさせていただきとうございます」

お竜は姿勢を正して言った。

「わたしが何かしでかさないか、案じてくださるのですね」

宇兵衛はお竜を見つめた。

「悪い奴らは、放っておけば勝手に滅びるものだと、あたしは信じて参りました。そう信じないといられないような、辛い暮らしを送ったことがあったからです。

でも、大抵悪い奴らは思った通りになりました。きっと天罰が下るからだと思います。旦那様、何があっても、奴らを殺してやろう、などとは思わないでください」

「お竜さん、あなたも苦労をしたのですね」

この女《ひと》は自分の苦悩を肌合でわかってくれている。宇兵衛は強い味方を得たと力付いて、

「わかりました。決しておかしな気は起こしません」

彼もまた姿勢を正したのである。

(七)

お竜が泊まりがけで着物を仕立てさせてもらいたいと申し出たことは、おぬいと彦太郎を大いに興奮させた。

〝加島屋〟に通いながら、食事を共にすることだけは頑《かたくな》に遠慮をしてきたお竜であったが、宇兵衛、彦太郎、おぬいと夕餉《ゆうげ》の膳に向かうと、

——所帯を持って、子を生し、幸せに暮らすというのはこういうことなのだと、

ひとつ教えられた気がした。

彦太郎は、わざと口の周りにご飯粒をつけてみたり、着物に少しばかりお茶をこぼしてみたりして、お竜に構ってもらおうと企んだ。

その健気で愛らしい仕草が、お竜の胸を切なくした。

やさしくてしっかり者の仕立屋。その様子が亡きおみねに似ている。

それゆえに懐いている彦太郎なのだが、今宵ここに泊まり込むのは、宇兵衛を見張るためなのだ。

宇兵衛とてそこまでは思ってもいまい。

お竜は楽しい夕餉であるように装い、それからは縫い物に励んだが、彼女の五感はこの家に何ごとか起こらぬかと研ぎ澄まされていて、絶えず布裁ち用の小刀を傍に置いていた。

だが、宇兵衛は何ひとつ怪しげな気配を醸すことなく、いつもの誠実な主のまま一夜を過ごした。

明くる日、何ごともなく朝の挨拶をすませると、商家の慌《あわただ》しい朝餉の膳を、奉公人達と共に済ませ、平常心を保っていた。

夜には喜兵衛と話をつけに行くのである。

それなりに心は乱れているはずだが、どうやら意を決したと見える。

お竜はそのまま縫い物に励み、昼過ぎに店を出た。

昨夜はお竜ばかりが動いていたわけではない。

長屋に戻らず、文左衛門の家へ入ると、そこには井出勝之助がいて、文左衛門と世間話に興じていたが、お竜の顔を見るや、たちまち二人共、〝地獄への案内人〟の厳しい表情となった。

「宇兵衛殿は？」

勝之助が問うた。

「何ごともなく……」

「そうか。それはよかった」

「今宵、四つに喜兵衛に会いに行きます」

「今宵四つか……」

「で、喜兵衛と哲三は……？」

「今は安三殿がそっと見張っているが、奴らが鬼であることは、この目で確かめたよ」

じっと見守る文左衛門の前で、話はとんとんと進んでいく。

お竜が〝加島屋〟で夜を明かしている頃。

勝之助と安三は、夜陰にまぎれて天徳寺門前の喜兵衛の住処を張っていた。

日が高い間は人通りもあり、近寄り辛い仕舞屋であるが、暮れるとぱったりと人気《ひとけ》がなくなる。

二人にとっては、中の様子を探るなどお手のものである。

勝之助は黒い僧衣をまとい、暗黒に溶け込みつつ、家の壁に張り付き、喜兵衛と哲三の声をそっと聞いた。

安三は床下に潜り込み、息を殺した。

そして二人は同時に、鬼の正体を知ったのである。

「哲三、こう上手《うま》くことが運ぶとは思わなかったな」

「庄造が立派な商人になるなんてねえ。へへへ、大したもんだ」

「店を手前のものにするために、うまく立廻ったもんだと思ったら、あの野郎は店のために身を削って働いてやがる」

「博奕にうつつを抜かしていたあの野郎がねえ……」

「まったく、驚いたぜ。めでてえ野郎だ」

「だが、奴が〝加島屋〟の主になれたのは、みんな喜兵衛兄ィのお蔭なんだ。それを思い知らせてやらねえといけませんや」

「ああ、あの日奴は先代を破落戸から助けたが、あれはこっちの差し金よ」

「それを知った時のあの野郎の顔ときたら、目玉がとび出すかと思いましたぜ」

「この前、がきに絡んだ奴らが女にやられちまったのと同じだよ。初めから庄造に追っ払われるように仕向けてあったんだ」

「明日は、奴の口から胃の腑がとび出るんじゃあねえですかい？」

「哲三、おもしれえことを言うじゃあねえか。へへ、どんな顔をするだろうなあ。女房のおみねは、このおれが辻斬りに見せかけて殺したと知らせればよう」

「野郎、おれ達を殺そうとしやがるかもしれやせんぜ」

「殺される覚えなどあるもんかい。おみねが死んだから、野郎は〝加島屋〟の身《しん》代《だい》を己がものにできるんじゃあねえか」

「だが兄ィ、姑の婆ァが財布の紐を握っているとかいいますぜ」

「だからよう。おれの言うことを聞かねえ時は、まず婆ァから始末してやると、野郎を脅すのさ」

「庄造は訴え出ませんかねえ」

「訴え出りゃあ、野郎がおれの悪事の片棒を担いでいたことがわかっちまうぜ」

「なるほど。それじゃあ〝加島屋〟はお咎めを受けるってわけだ」

「庄造はおれ達の仲間なのさ。てことはどういうことだ？　おみねを殺したのは奴で、〝加島屋〟は、おれ達のものってことなんだよう」

「違《ちげ》えねえや。そう容易く足を洗えると思ったらいけねえ」

「四の五のぬかしやがったら、あの野郎も、先代・宇兵衛とおみねの許へ送ってやらあ」

「兄ィは、やっとうの遣い手だからねえ」

「まあ、五百両で手を打ってやろうじゃあねえか」

「兄ィ、まいた種が、よく実りやしたねえ……」

井出勝之助から、喜兵衛と哲三の悪巧みを聞かされて、お竜の目が血走った。

或いはおみねの死は、そのようなことではなかったかと思っていたが、正しく鬼の所業である。

「井出先生……、よくぞご辛抱くださいましたねえ」

低い声は、ぞっとするほど、おどろおどろしい響きであった。

「ああ、地獄への案内はお前はんと一緒やないと心細いよってにな」

勝之助のいつもながらの惚《とぼ》けた口調が、お竜を、母のやさしさを持ち合わせた人間《ま》に戻した。

「あたしこそ、頼りにしておりますよ」

文左衛門は二人を交互に見て、

「今宵、四つ時までにお願いします」

と、五両ずつ前に置いた。

勝之助に続いて、お竜はその金を収めた。

今度ばかりは、銭金抜きで臨みたかったが、金を得て、これは仕事だと思わねば、冷静を保てなかったのである。

(八)

喜兵衛はそもそも浪人の子として生まれた。

子供の頃から喧嘩に強く、親は剣術を習わせた。

いつしか身についた争闘の勘がいかされ、めきめきと腕をあげたが、世間はその腕を誰も認めてくれなかった。

焦燥が失望へと変わり、喜兵衛は悪所で遊び呆けるようになり、やがて武士を捨てた。

それからは剣の腕を巧みに使いながら、彼は悪の華を咲かせていった。

派手に乾分を従えて暴れ回るのではなく、陰の実力者として闇の世界に君臨したのだ。

「こそ泥をするから捕まるのさ」

たとえば店を狙うなら、丸ごとそっくり頂くつもりでかかれば、そう容易く捕えられることはない。

それが信条であった。

大金を得れば、次の仕事が余裕をもって出来る。

金があれば人の口を塞げる。

しかし、人の使い方を誤ると命取りだ。

智恵を絞って少数で悪事にあたり、大き過ぎる仕事には手を出さない。

そうして喜兵衛は生きてきた。今は収穫の時期が到来したといえよう。

その日の喜兵衛は落ち着かなかった。

かつては博奕の借金の尻拭いをしてやり、思うがままに使いこなしてきた庄造が、想いの外に純真な人間であったと知れたからだ。

悪党達の間では、そういう奴を〃馬鹿〃だと言う。

だが、馬鹿が思い詰めると、時にとんでもないことをしでかすものだ。

今宵は、宇兵衛となった庄造が訪ねてくる。

おみねの死の真相を報《しら》せて揺さぶりをかけ、まとまった金をふんだくるつもりだが、乾分の哲三が言うように、怒りにまかせて、襲いかかってこないとも限らない。

常日頃は持ち歩かぬ二尺三寸の業物《わざもの》を、今日は傍らに置いていた。

家の周りは静寂に包まれている。

外に人の気配がする。

「庄造の野郎、もうきやがったか……」

夜の四つと決めていたが、それまでには、まだいささか刻《とき》がある。喜兵衛は怪訝な表情を浮かべ、哲三を見た。

左手には打刀の鞘が握られていた。

哲三は、喜兵衛にひとつ頷くと、懐に呑んだ匕首《あいくち》に右手を添えて、そっと出入り口の戸を開けた。

「何でえお前は……」

外には一人の女が立っていた。

頭には菅笠《すげがさ》、襟《えり》には縮緬《ちりめん》をあしらい、手には三味線を持っている。

「女太夫か……」

一目で門付《かどづ》けの女芸人であるとわかる。

「今日はさっぱりでございまして、中へ呼んでやっていただけると、ありがたいのでございますがねえ」

少し嗄《しゃが》れた声で女は願った。笠の下の顔はよく見えないが、瓜実顔《うりざね》で口許にえも言われぬ色気があった。

これから宇兵衛を脅して、たかりの仕上げにしようと思う喜兵衛と哲三だが、それなりの緊張もある。

宇兵衛が人を雇って、ここを襲わせるかもしれない。

そこは悪党二人にとっても、命をかけた勝負なのだ。

強請《ゆすり》、たかりには、それだけの危険もあることを、喜兵衛はよく心得ている。

まだ四つには間がある。心の昂《たかぶ》りを休めるのに、浄瑠璃を聞くのも悪くはない。

「どうします？」

と伺いを立てる哲三に、

「そうさなあ、何かのさわりでも聞かせてもらおうか。こちとら、ゆっくり聞いてもいられねえんだがよう」

喜兵衛は、ひっそりと応えた。

「おう、許しが出たぜ。やってくんな。言っておくが、耳がつぶれそうなのはお断りだ。心してかかれよ」

哲三は、ここでも脅すような口調で女に告げると、家に上がるよう促した。

「ありがとうございます。ここへ入れてもらいたくて、うずうずとしておりました」

「外は辛《つれ》えか？」

喜兵衛は刀を背後に置いて女を見た。

「はい、何かと目立ちますのでね……」

笠の下でニヤリと笑った女太夫の正体は、お竜であった。

「そんなら、やらせてもらいます」

お竜は土間へと入って、後ろ手に戸を閉めた。

三味線は弾けぬわけではない。

かつて、とんでもないやくざな男に騙され、悪事の片棒を担がされた頃があった。

その時に、

「芸のひとつもできねえで、何の役に立つってえんだ」

と、三味線を習わされたのだ。

だが、ここで三味の音を立てるのは憚《はばか》られた。

お竜の三味線を持つ手がふと止まった。

「おい、何をもったいつけてやがるんでえ」

哲三がそれを見咎めた。

「家の中だ、笠を脱ぎゃあいいぜ」

喜兵衛も声を苛立たせた。

「いえ、やっぱり気が変わりましたよ。お前達相手に遊んでいる暇はないんでねえ……」

お竜は、ゆったりとした口調で言うと、笠を脱いだ。

「何だ手前は……」

哲三は出入り口に立ってお竜を睨みつけた。
「お前、どこかで見た顔だなあ」
喜兵衛は刀を引き寄せて、鋭い目を向けた。
「さて、どこかで会ったかねえ……」
お竜は艶然《えんぜん》と頬笑んだ。
その刹那。
哲三が、懐に呑んだ匕首を引き抜いたまま固まった。
戸の隙間から差し込まれた白刃《しらは》によって、背中から一突きにされていたのだ。
いつしか表に立っていた井出勝之助の刃が、哲三を地獄へ誘《いざな》ったのだ。
哲三の手から匕首が落ちて、彼はその場に崩れ落ちた。
喜兵衛は女一人と見て油断していた。
お竜と言葉を交わすうち、地獄の道へと歩んでいたのだ。
だが、かつては剣術に励んだ喜兵衛である。腕に覚えがあった。
おみねを殺害した時も、鮮やかな一刀で仕留め、
「こいつは相当腕の立つ武家の仕業だな」
と、骸《むくろ》を見た町方役人を唸らせたほどだ。

何度も修羅場は潜り抜けている。

外にいる敵が気になるが、まずこの女から殺して切り抜けてみせる自信があった。

「待てよ……、お前は〝加島屋〟に出入りしている仕立屋か……」

「さあね……」

「死ね！」

喜兵衛は抜刀すると、さっと白刃を薙《な》いだ。

お竜は驚くべき身のこなしでこれをかわすと、帯に隠し持った小刀を両手に構えた。

腕に覚えがあるゆえに、喜兵衛はお竜の強さがわかる。

その動揺が、彼を焦らせた。

「くそッ！」

すぐに繰り出した二の太刀は、屋内での斬り合いには長過ぎる刀が仇《あだ》となり、再び攻めをかわしたお竜の背後にある柱に食い込んだ。

「むッ……！」

喜兵衛もさすがである。さっと白刃を抜き取り振りかぶったが、それによって一瞬の隙が出来た。

近頃は強い相手と刃を交えたことのない喜兵衛は、その一瞬を女に衝かれるとは思わなかった。

相手はお前を女と思って油断をする。そこがお前の強みでもあるのだ――。

武芸の師・北条佐兵衛《ほうじょうさへえ》の言葉が蘇る。

「えいッ……！」

低い静かなお竜の殺人技の気合が、家の中に響いた。

右の側面から素早い踏み込みで、お竜は僅かに無防備となった喜兵衛の胴に体を預けていた。

「まさか……」

喜兵衛は目をむいた。

お竜の両手に握られた小刀が、喜兵衛の左右の脇腹を刺し貫いていたのだ。

「地獄へ案内してやったよ。あたしは女を殺す男は許せないのさ……」

お竜はさっと喜兵衛から離れると表へ出た。

表には勝之助がいて、暗闇にニヤリと白い歯を煌《きら》めかせると、その場から足早に立ち去った。

お竜が危機に陥れば飛び込むつもりであったが、まったく出番はなかったのである。

――ありがたい同志だねえ。

お竜は勝之助とは反対の方へと立ち去った。

二人は西ノ窪の通りで落ち合うと、つかず離れず互いを守り合いながら赤羽橋の船宿へ入り、そこで文左衛門の息がかかった船宿〝ゆあさ〟からの迎えの船に乗る。

船頭は腕利きの留蔵《とめぞう》だ。

喜兵衛と哲三の骸が転がる仕舞屋には、二人の仕事を見届けた安三が差配して、これも文左衛門縁《ゆかり》の〝駕籠政〟の駕籠が向かうことになっている。

頼まれて迎えに行ったら二人が死んでいた。

駕籠舁《か》き二人が、それを番屋へ届けるのである。

加島屋宇兵衛が、そっと訪ねようとした時には、仕舞屋周辺はちょっとした騒ぎになっていよう。

「仕立屋、相変わらず大したもんやな」

舟の上で勝之助が囁《ささや》くように言った。

元締の文左衛門からは、留蔵の舟であれば、何を話したとて、留蔵には聞こえていないので構わないと言われている。

それでも、殺しの話を声高《こわだか》にするのは気が引ける。

「勝さんがいるから、心強かったですよう」

お竜もまた声を潜めた。

留蔵はまったく何も聞いていないような様子で艪《ろ》を操っている。

「でもねえ、ちょいとむきになっちまいましたよ。まともにやり合うなんて、案内人のすることじゃあありません」

お竜は見事に喜兵衛を討ち果し、おみねの仇を討ったというのに、その表情は空ろであった。

「勝さん……」

「何や？」

「おみねさんが誰に殺されたか、わからないままにしておいてよかったのですかねえ」

「おれはよかったと思うで。宇兵衛殿がそれを知ったら、店にはおられんようになる」

「でもねえ。おみねさんを殺した憎い奴が、捕えられないまま、天罰を受けないままでいるというのも、〝加島屋〟の人達にとっては辛いと思うのですよ」

「それはようわかる。そやけどな。宇兵衛殿は、自分が店にきたばかりにおみねさんが死んだと思い悩むわなあ。どちらが辛いとなったら、今のままが好いのやないかなあ」

「うん……、確かにそうですねえ」

「一度悪事に手を染めた者が、それを悔い改めてやり直す……。それができる世の中であってもらいたいな」

勝之助は労《いたわ》るような目をお竜に向けた。

今正にやり直さんとしているお竜を励まそうとしているのだ。

お竜は同志のありがたい言葉に相好《そうごう》を崩したが、

「そういうやさしい言葉に甘えちゃあいけませんよ。自分が重ねた罪は決して忘れちゃあいけない。この先も向き合って生きていかないとね」

と、黒い水面《みなも》を見つめながら言った。

(九)

油屋〝加島屋〟の危機は去った。

話次第では、及ばずながらも喜兵衛と哲三に立ち向かい、立派に死んでやろうと、町人差を腰に帯びて、連中の住処へ向かった宇兵衛であった。

だが、件《くだん》の仕舞屋へ行ってみると、辺りは騒がしく、町方の役人達が慌しく出入りしている。

何ごとが起こったのかと、近所の野次馬連中に聞いてみたところ、喜兵衛と哲三が何者かに殺害されたとのこと。

呼ばれて家を訪ねた駕籠屋が異変に気付き、訴え出たそうな。

宇兵衛は呆然とした。

同時に仕立屋のお竜が、

「悪い奴らは、放っておけば勝手に滅びるものだ……」

と、言っていたのを思い出した。

天罰がくだるからであろうと語っていたが、正しくその通りなのだ。

あの二人が死んでしまったのなら、ここには用がない。

宇兵衛は引き返すと、おぬいの前に手をついて、

「隠し通そうなどとは思っておりませんでしたが、わたしは若い頃によからぬ奴と関わり合い、悪いことに手を染めました……」

と、過去に犯した罪を明かし、その時の仲間に強請られていたと告げた。

先だっての彦太郎に絡んできた破落戸も、そ奴の差し金と思われるが、喜兵衛なる悪人は何者かに殺害された。

この先、店が強請られることはないはずだが、自分のような者が店の主になったばかりに、〝加島屋〟を危ない目に遭わせてしまったのは痛恨の極みである。

「どうか、わたしを離縁してくださいまし。方々当れば、番頭として彦太郎成人の暁《あかつき》まで、立派に務めてくれる人も見つかるでしょう。先代とおっ義母さんに認めていただき、おみねと一緒になり、彦太郎の父となれたのは幸せでした。ですが、夫婦の情を通わす間もなくおみねは死んでしまって。彦太郎の父親になろうと思ったら、こんなことになって……。わたしはやはり疫病神でございます。どうかお暇をください」

宇兵衛は、おぬいに手を突いて詫びた。

心の底から申し訳なく、この家にはもはやいられないと思っていると、涙ながらに言ったのだ。

おぬいは奥の一間でじっと聞いていたが、

「宇兵衛殿、あなたわたしを馬鹿にしているのですか！」

今まで聞いたことのないような強い口調で怒り出した。

「馬鹿にしているなど……」

「そうではありませんか。あなたがうちの油の行商をすると聞いた時に、わたしは先代から、あなたが若い頃、それなりに悪さをしていたと聞かされておりましたよ。若い頃の悪さなどは、はしかにかかったようなものです。先々代などは、若い頃に博奕場に出入りしているのが知れて、危うく番屋に引っ張られるところを、父親に助けてもらったのですよ。それがつまりわたしの夫です。あなたには助けてくれる父親がいなかった。それだけのことではありませんか。商人で何より性質《たち》が悪いのは、お店の主になってから悪さをする人です。あなたは若い頃の過ちをそうやって悔いている。わたしはあなたを見込んだのですよ。でないと娘の婿にはしません。わたしがこうと決めたことを、あなたは間違いだったと言うのですか？　だから馬鹿にするなと言っているのです」

宇兵衛はたじたじとなった。

「申し訳ありません」

「あなたは、この哀れな姑の面倒を見てくれないのですか？」

「それは……」

「幼気《いたいけ》な彦太郎を捨ててしまうのですか？」

おぬいは攻撃の手を緩めない。

「くだらないことを言っていないで、今日もよろしく頼みますよ」

「はい……。わかりました……」

宇兵衛は、この義母の前では為《な》す術《すべ》もなかった。

「それから、あなたはいつまでわたしにお金の出し入れを任せるつもりなのです。〝加島屋〟の因業《いんごう》婆ァは未だに財布の紐を握って、婿養子をこき使っているんだと思われるじゃありませんか。戸棚の鍵を肌身離さず持っているのにも疲れました。はい、あなたに渡しますから、時折わたしにお小遣いをくださいな。頼みましたよ！」

「おっ義母さん……」

宇兵衛は、手渡された鍵を押し戴いて、男泣きに泣いた。

いつものように縫い物をしていたお竜はそれを察して、宇兵衛の泣き声に目を丸くする彦太郎に、

「男は泣いちゃあいけない、なんて言う人がいるけどねえ。男だって、女だって、泣きたい時は思い切り泣けばいいのですよ。泣ける相手があるっていうのは幸せなことなのですから……」

にこやかに告げた。

お竜の仕立はほどなく終った。

宇兵衛の背中から着物をかけて寸法が間違いないか確かめた時。

夫の着替えを手伝って、仕事に送り出す女房の想いがわかったような気がした。

世の女達は皆戦っているのだと――。

そして、お竜の〝加島屋〟での日々は終った。

「お竜さん、この先もたまには通いで仕立ててもらえませんかねえ」

名残《なごり》を惜しむおぬいであったが、

「いいえ、あたしは〝鶴屋〟さんの世話になっている身でございますから、度々はこられません。それに、あたしなんぞにおみねさんの面影をご覧になってはなりません。おみねさんに申し訳が立ちません」

お竜はきっぱりと断わった。

「そうですか……。名残は尽きませんが、〝鶴屋〟さんでお見かけしたら、ほんの少しだけ世間話にお付合いください」

おぬいはなかなかの女傑である。どんな時でも未練は残さずさばさばとしている。

しかし困ったのは彦太郎であった。

「おばさん、もうここへはきてくれないの？　おねがいだから、きておくれよ……」

つぶらな双眸《そうぼう》に涙を浮かべてお竜の袖を引いて放さない。

「聞き分けのないことを言っちゃあいけませんよ。あなたは立派な若旦那にならないといけないんだ。あたしよりも、この店にいる人を大事にしてくださいまし」

叱りつつ、諭しつつ、願いつつ、お竜は小さな手の感触を楽しみ、ゆっくりとほどいた。

何もかも受け容れたくなる子供を慈《いつく》しむのは、難しくて辛い――。

振り切って店を出るお竜を追いかけんとする彦太郎を、おぬいがしっかりと抱き締めた。

「おっかさん……」

呟く彦太郎の目は泣き腫れていた。

店の外には宇兵衛が一人。

万感の想いを目に込めて、深々と頭を下げた。何も言わずともわかる、男の真心もある。

「ありがとうございました。またご贔屓《ひいき》に」

仕立屋の顔で別れたが、

——ちょいと好い男だったけどね。

後ろ髪が引かれるのは心地がよかった。

〝鶴屋〟へ立ち寄って、仕事を終えたと報せると、主の孫兵衛はいつになく神妙な表情で、

「色々とご苦労をおかけしましたねえ」

と言って、過分の手間賃を手渡してくれた。

そうしてすぐに奥へ引っ込むと、入れ替わりに、いつも以上ににこやかな井出勝之助が現れて、

「これはお竜殿」

長屋の近くまで送ってくれた。

「表も裏も、商売繁盛で結構やな」

「お蔭さまで……」

「この度は惜しいことをしたな」

「何がです？」

「亭主も子供もいっぺんに手に入れられるというのに、長屋へ戻るとはな」

「ははは、また馬鹿なことを言っているよ」

「馬鹿なことかねえ」

「はい。大きな声じゃあ言えませんがねえ。あたしは人殺しなんですよ」

「脛《すね》に疵《きず》持つ者同士、疵をさすり合いながら生きていかんかいな」

「彦さんにそんな二親はいりませんよ」

「あかんか」

「あかん、あかん」

「そうやな。あかんわなあ」

「でもねえ勝さん、ちょいと幸せな心地になりましたよ。元締のお蔭でね……」

お竜はすたすたと歩きながら、背中越しに勝之助に手を振った。

三、人情一膳飯

(一)

日増しに朝夕が肌寒くなってきた。

過ごしやすくなったと喜ぶべきなのだろうが、お竜《りゅう》は秋を通りこして、すぐに冬がきてほしいと思っている。

夏や冬は、外出をする時に、暑さ寒さに堪えようと心と体が引き締まるが、心地よい風に吹かれるとそれが弛緩《しかん》して、つい哀感が浮かんでくる。

日が暮れるのが早くなったものだ。

そう思いながら夕暮れの道を行くと、帰路を急ぐ母子連れを見かけたりする。

母親に手を引かれる幼子《おさなご》は、ぴったりと寄り添って、遅れまいと小さな足を懸命に動かしながら、顔を上げてあれこれと話しかけている。

そんな光景に出合うと、胸が張り裂けそうになるのだ。

ゆえにこの時分は、かえって家に籠りがちになるお竜であった。

こんな気儘《きまま》が利くのも、居職《いじょく》である仕立屋ならではであろう。

考えてみれば、これまでの人生で哀感を覚える余裕などなかった。

それだけ今は、ありがたい暮らしを送れている。

そして、さらにありがたいのは、家に籠っている自分を忘れずに、気遣ってくれる人がいることだ。

その日も朝から針仕事に没頭していると、家の裏手の路地から、

「精が出ますな……」

と、穏やかな声がかけられた。

お竜の住まいである〝八百蔵《やおぞう》長屋〟は裏店《うらだな》だが、彼女の家には猫の額ほどの裏庭があり、その垣根の向こうは路地である。

そこからこちらの様子を窺っているのは、隠居の文左衛門《ぶんざえもん》であった。

「これはご隠居……。わざわざ覗いてくださったのですか？」

お竜は手を止めて、恭《うやうや》しく頭を下げた。

「ちょっと昼を食べに行くのですが、付合ってくれませんか」

文左衛門は満面に笑みを浮かべた。あまり家の中に閉じ籠っていては体に毒ですよ、などとありきたりの言葉を発しないのが真《まこと》にありがたい。

近頃は、〝地獄への案内人〟の同志、相棒である井出勝之助《いでかつのすけ》の饒舌《じょうぜつ》にのせられて、口数も多くなったとはいえ、お竜は三言ですむことを、四言五言発して会話を楽しむのは苦手であった。

あれこれ話さずとも、文左衛門の自分への気遣いはよくわかっている。

先日、油屋の〝加島屋《かしまや》〟における一件を片付けたのはよいが、店の者から引き留められつつもそれを振り切り、いつもの暮らしに戻ったお竜が、気にかかっているのに違いない。

いずれにせよ、お竜とていくらこの時分は家に籠っていたいといっても、〝加島屋〟の温かい人情に触れた後に、いつまでも独りで縫い物をしているのも気が滅入る。

そろそろ〝鶴屋《つるや》〟に顔を出そうかと思っていたので、文左衛門のこういう誘いはありがたかった。

「ただ今、そちらに参ります」

お竜は素早く長屋を出て、文左衛門のいる路地へ出た。

「仕事は一息つきましたか？」

「はい。ちょうど休もうかと思っていたところでして」

「それはよかった。今日は少しだけ足を延ばしてみようと思いましてな。いつもそば屋では飽きますからねえ。もっとも〝わか乃〟よりも随分とみすぼらしい店で申し訳ないのですがね」

「とんでもないことです。楽しみですよ」

「〝とみ〟という一膳飯屋なんですが。権三《ごんぞう》という、いかつい顔をしたおやじが、仁兵衛《にへえ》というよく喋《しゃべ》る爺さんと切り盛りしていてね、むさ苦しい二人なのに、時折無性に顔が見たくなるのですよ」

文左衛門は楽しそうに言う。

気のおけぬ連中が集う店なので、お竜に教えておきたいようだ。

「一度会っておくと次からは気軽に入れる。出てくるのは汁と小鉢が二つに飯だけ。あとは酒ならありますがね。何を頼もうか迷わなくていいし、これが滅法安い。まあそれだけが取り柄ですがね」

様子を聞いていると、確かに知っておくとお竜には便利な店かもしれない。

文左衛門は五十半ばとはいえ健脚だ。

ぐずぐず歩くのが嫌なので、お竜と連れ立って道行くのが楽しいようだ。

お竜の長屋がある三十間堀三丁目を南下し、芝口橋を渡るとそこからすぐに西へ。

ほどなく文左衛門のお目当ての一膳飯屋〝とみ〟に着いた。

屋根は柿葺《こけらぶき》。間口は一間半くらいだが一軒屋である。

軒下には〝とみ〟と書かれた小さな提灯《ちょうちん》がぶら下がっていて、出入り口には縄暖簾《なわのれん》。入れ込みの土間には、幅の広い長床几《ながしょうぎ》が三脚。

十人も入ればいっぱいになるが、一膳飯屋にはちょうどよい大きさであろう。

飾りけはなくとも、掃除は行き届いていて、気持ちが好い。

「こいつはご隠居、何となく今日はきてくださるような気がしておりやしたよ」

文左衛門の姿を見かけた六十過ぎの老爺《ろうや》が板場からとび出してきた。

ちょうど客の流れが一段落ついて、板場で休息していたようだ。

この老爺が仁兵衛なのであろう。

「こいつはまた珍しい。こんなきれえな姉さんを、今までどけえ隠していなさったんです？」

お竜を見ると大仰に驚いてみせた。

とにかくよく喋る。

「いらっしゃいまし……」

続いて出てきたのは、五十過ぎの男で、長目の筒袖の上っ張りを着ている。この料理人を兼ねている、主人の権三であろう。

頬骨が張ったいかつい顔であるが、笑った瞳の奥にはえも言われぬ愛敬がある。

これは長年かけて、尖った心の角を落してきた男特有のものだ。

お竜はまだ二十三だが、荒《すさ》んだやくざな日々を送ってきただけに、それがわかるのだ。

そして、こういう愛敬のある男は、信用出来るということも――。

「〝鶴屋〟さんお出入りの仕立屋さんでね、お竜さんだ。わたしの話相手になってくれる、真にありがたい人なんだよ」

「そいつはどうも……」

ぺこりと頭を下げる権三の横で、

「ご隠居、そんなありがてえお人を、こんな店にお連れしていいんですかい」

仁兵衛が惚《とぼ》けた口調で、お竜に頬笑みながら言った。

「ありがたいお人だからお連れしたんだよ。ここはあまり人に教えたくない、お気に入りの店だからね」

文左衛門はそう応えて、権三と仁兵衛を喜ばせると、

「もう二人のことは話してあるから挨拶は抜きだ。腹が減っているから、頼みますよ」

さっそく注文をした。

「竜です。お見知りおきを……」

お竜は、老人達のやり取りに気圧《けお》されていたが、やっとのことで名乗りをあげて、小腰を折った。

「へい……」

権三はすぐに板場へ入った。

「今日は、鯖《さば》の塩焼き、漬物、茄子《なす》の味噌汁だけど、それで好いですかい？」

すかさず仁兵衛が訊ねる。

「好いも悪いも、それと決まっているんだろう」

文左衛門が応える。

「へへへ、違えねえや。酒は二合ばかりお出ししやしょう」

仁兵衛は板場へ入り、すぐに折敷《おしき》に一汁二菜にあたたかい御飯、それに酒を添えて運んできた。

料理もまた飾りけがないが、素材のよさが素直に出ていて、少しの酒を交えてから米の味を嚙みしめると、幸せな気分になった。

「なかなかいけるでしょう」

食べている間も、あれこれ世間話をしてくる仁兵衛の隙を見て、文左衛門がお竜に訊ねた。

「はい。座るだけで料理が出てくるというのは、これほど楽なものはありません」

「それはよかった。わたしも含めて、口は達者でも老いぼれていますからね。たまには覗いて、若いあなたが元気付けてやってくださいな」

文左衛門はお竜にひとつ頷いた。

やがて一通り食べ終えると、文左衛門は仁兵衛が淹れた茶を啜って、

「権さんも、仁兵衛の父《とっ》つぁんも覚えがあるだろうが、若い頃に色々としくじりを重ねたというのに、こうして飯を食い、酒を飲み、話の相手をしてくれる人にも恵まれるなんて、ありがたいことだねえ」

しみじみと言った。

「ああ、まったくでさあ」

「若え頃《わけ》にしくじっても、やり直すことができた。それが何よりもありがたいねえ」

権三と仁兵衛は、それぞれ神妙に頷いてみせた。

「誰でもやり直すことができる。そんな世の中でなくてはならない」

文左衛門は、ふっと溜息をついた。

お竜は、文左衛門の表情に屈託が浮かんだので、これは自分が訊かねばなるまいと咄嗟《とっさ》に感じて、

「あたしもご隠居のお蔭で、やり直すことができそうですが、そうではない人もいるのでしょうねえ」

と、話を引き出さんとした。

「ああ、いや、何やら沈んだ話になってしまいました。今朝、嫌な噂を小耳に挟んでしまいましてね」

「嫌な噂？」

「まだ三十になるやならずの男が、たて続けに何者かに斬られて死んでいたと

か」

「はい。それが骸《むくろ》を検《あらた》めてみると、どちらの腕にも入れ墨が彫られてあったとか
……」

「牢屋で彫られた入れ墨ですか？」

「そういうことです。これからが働き盛りという者が、徒《いたず》らに命を縮めてはなりません」

文左衛門は、またひとつ溜息をついた。

入れ墨者とはいえ、二人共に江戸の町で、やくざな暮らしから足を洗って、まっとうに生きようとしていたらしい。

だが、腕に彫られた入れ墨は消えない。

遠くの町に逃れて、ひっそりと暮らしているつもりでも、過去はすぐに人の知るところとなる。

再犯を防ぐために入れ墨を彫り、解き放つのだが、これが入れ墨者の行く手を阻むのである。

入れ墨者と知れると、誰も雇ってはくれない。

何かことが起これば、まず疑われる立場にある者を近くに置くと、自分も痛くもない腹を探られかねない。

たとえ、過去の罪を償い悔い改めていると思われても〝触らぬ神に祟《たた》りなし〟となるのだ。

これは、無宿者も同じである。

無宿とは、貧窮によって出奔《しゅっぽん》したり、親から勘当を受けたり、博奕、窃盗、喧嘩などで追放刑に処されたりしたことで、人別帳から除かれる者をさす。

彼らは、何か犯罪が発生した折に、無実であっても咎人《とがにん》に仕立てられたりするので、過去を隠し、そっと市井《しせい》の中にまぎれこんで生きていくしかない。

それでも過去が知れてつまはじきにされる者は多い。そうすると彼らも、生きていくためには、やむなく悪事に手を染めざるをえない。

世の中への恨みが、自暴自棄にさせ、凶悪な犯罪を生むのである。

再犯を防ぐためにとる処置が、かえって世の中を悪くしてしまうのが実情だ。

つまり、江戸においては一度罪を犯すともうそこから元に戻ることは出来ない場合がほとんどなのだ。

お竜とて、そもそもはおしんという名であったが、悪い男に騙され、罪を犯し、遂には殺人に至り、自分も殺されそうになったところを、北条佐兵衛《ほうじょうさへえ》という武芸者に助けられて今がある。

この間に、おしんは死んだことになっているから、お竜は無宿者となる。

だが、彼女の場合は、佐兵衛の尽力で、文左衛門の庇護の許、新たな人別が作られているので、幸いにも仕立屋として暮らしていける。

「やり直すことができる世の中でなくてはならない……」

文左衛門の嘆きは誰よりもわかるし、身の好運を改めて思い知らされていた。

「殺されたという二人は、何か悪事に手を染めて、どちらも争いに巻き込まれたとされていますがねえ。入れ墨者ゆえにそのように決めつけられているのかもしれません。それを考えると、何やら切なくてねえ」

権三と仁兵衛は、文左衛門の言葉にただ相槌《あいづち》を打つしかなかった。

決してまっとうに生きてきたわけではないのに、こうして他人の末路を哀れむことが出来るとは何と幸せであろうと、二人もまたお竜と同じ想いになっているのであろうか。

「まあ、これも歳をとったということですかな。何かというとぼやいてみたり、嘆いてみたり、昔を思い出して恥ずかしくなったり……。ははは、いけませんな」

　文左衛門は、額を叩いてみせて権三と仁兵衛に詫びた。

　人足や職人風の客も引けて、いつしか文左衛門とお竜だけになっていた。

「ご隠居、そいつはあっしも同じですよ」

「あっしなんぞは〝父つぁん、また泣いているよ〟なんて、毎日笑われておりますよ」

　権三と仁兵衛は、文左衛門に頰笑むと、思い入れをした。

　それから文左衛門は、お竜を伴い店をあとにした。

「あの店の連中には、何ひとつ体裁を繕わずともよいので、気が楽でねえ。いや、むさ苦しいところに付合わせてしまって、申し訳ありませんでしたね」

　文左衛門は頭を搔いたが、

「いえ、あたしは気に入りました。しばらくご飯を食べに通わせていただきます」

　お竜は、文左衛門が自分を〝とみ〟に連れていった意味を受け止めつつ、力強く応えたのであった。

(二)

「しかし何だなあ、父つぁん。おれ達は本当にありがてえことだなあ」

「ああ権さん、お天道様を見て、もっと拝まねえといけねえなあ」

「文左衛門のご隠居を拝んでいりゃあいいさ」

「ははは、違えねえや。あんなに気遣ってくれるお人に出会ったのは初めてだ」

「あの人は、世話を焼いたからといってそのままにしておかねえ」

「そうだな。この前なんかは、どこかのお店《たな》に婿養子に入った旦那が、昔ちょいと悪さをしたことがあって、そん時の仲間だった奴らに強請《ゆす》られているという話を聞いて、もしやおれ達もおかしな奴らに絡まれていねえか心配になったと、店にきてくれた……」

「そんなこともあったな。おれ達が日毎《ひごと》老いぼれていくから、放っておけねえのかもしれねえが、へへへ、まったくありがてえ」

「あの、お竜という仕立屋の姉さんも苦労をしたお人らしい。見たところ、かなりのしっかり者だ」

「自分はそう何度もここに顔を出せねえから、あの姉さんにたまには様子を見てやってくれというところなんだろうよ。父つぁん……」

一膳飯屋〝とみ〟では、権三が仁兵衛相手にこんな話をしていた。

文左衛門がお竜を連れて、昼を食べにきた翌日のことであった。

この店は、そもそも権三の女房であったお富《とみ》が開いた。

暴れ者であった権三が、お富と恋仲になり、転がり込んだのである。

それ以来、夫婦で続けてきたのだが、八年前にお富が亡くなり、その後は身寄りのない仁兵衛を迎え、二人で店を守ってきた。

文左衛門がこの店にふらりと立ち寄ったのは、お富が亡くなる少し前で、

「お前らは、おれみてえになっちゃあいけねえよ」

と、若い連中を諭しつつ、辛抱強く面倒を見てやる権三の姿に心を打たれ、それから時折、店にくるようになったのだ。

「権さんのような人が、若い人達には大事ですよ。だから、わたしはそういうあなたに肩入れをしますよ」

文左衛門は、そう言ってくれた。

「気儘な隠居ですよ」

としか言わないが、かなりの分限者《ぶげんしゃ》であり、方々に顔が利いた。

そのお蔭で権三は、恋女房を失った後の心の痛手も乗り越えられた。

ただ自分に構ってくれるのではなく、面倒見の好い一膳飯屋の主人としての権三を応援してくれたのが、何よりもありがたかったのである。

「だが父つぁん、おれ達もいつくたばっちまうかわからねえ歳になっちまった。面倒見の好いおやじは誰かに任せてよう、手前《てめえ》が人の世話にならねえように気をつけねえとな」

権三もそのような境地に入ってきた。

文左衛門にこれ以上の迷惑をかけないようにしようというのが、このところ仁兵衛との合言葉になっていた。

「父つぁん、おれ達のご隠居へのせめてもの恩返しは、面倒を持ち込まず、ご隠居が顔を出してくださったら、うめえ飯をお出しして、あれこれと世間話に付合わせてもらうことだよ」

「うん、権さんの言う通りだ。あわよくば年の功ってやつでよう、お竜さんが悩みを抱えていなさるのなら話を聞いて楽にしてあげてえなあ」

「父つぁん……」

「何だい?」

「おれ達に、それほどの年の功なんてねえよ」

「ははは、違えねえや、あの姉さんにはご隠居がついていなさるのだものなあ」

親爺二人はからからと笑い合った。

こんな他愛ない話をしながら、人の恩を思う。こんな一時が何よりも楽しい。

〝とみ〟には、悪かった昔を悔いて、今はまっとうに生きようとしている者達が集う。

そんな連中の相談に乗り、世話を焼きながら、権三と仁兵衛はさらに年老い、死んでいくのであろう。

「おれは誰よりも年寄りだ。今みてえに、まだ体が動くうちに死んでしめえてえや」

仁兵衛は一日の終りになると、権三や周囲の者に洩らして、

「また、父つぁんが言っているよ」

などと笑われているのだが、この老人にとってはそれが今の幸せらしい。

ところが、その日の夕刻に騒ぎが起こった。

権三を慕う常連客の一人である、髪結いの音次郎《おとじろう》が、〝とみ〟に思わぬ客を連

れてきたのだ。

㈢

店へ入ってきた音次郎は、何やら切迫した顔付きであった。

「音、どうした。女にでもふられたか？」

客ではあるが、音次郎は権三の身内を公言している。

それゆえ日頃から権三の話し口調もこのようなくだけたものなのだが、

「小父《おじ》さん……、ちょいと裏手に廻ってくれねえかい」

音次郎は板場の入り口にやってきて、声を潜めた。

料理や酒のお運びは、仁兵衛がこなし、権三は板場に引っ込んでいることが多いのだ。

「わかった」

権三は、音次郎の声の調子で異変を悟った。

三十半ばで、なかなか男振りのよい音次郎だが、この男もまた若い頃は、暴れ者であったそうな。

今は改心して、権三が若い者の面倒を見るのを手伝っている。

「父つぁん、ちょいと水場に行ってくらあ」

「はいよ……」

仁兵衛も何かあると思ったが、それを決して顔にも声にも出さない。

音次郎は、

「父つぁん、すぐに戻ってくるよ」

と言って、店を一旦出ると裏へ廻った。

店の裏手には井戸があり、塀の外は空き地で、草木が繁っている。

それに隠れるようにして、大八車が止まっていた。

車力《しやりき》は熊吉《くまきち》といって、音次郎と同じ年恰好だが、正しく熊といった無精髭《ぶしようひげ》だらけの顔には凄みと愛敬が好い塩梅《あんばい》に浮かんでいる。

「どうした熊……」

権三は、音次郎と同じく熊吉を身内だと認めている。

その熊吉の顔も緊張に震えていた。

権三は彼の肩を叩くと、大八車を見つめた。

そこへ音次郎も加わって、三人は荷台にかぶせてある筵《むしろ》をそっとめくった。

中には、血まみれの若い男と、目を泣き濡らした娘がいた。

「誰にもつけられていねえな」

権三は、音次郎と熊吉を見た。

二人はしっかりと頷いた。

「よし……」

彼らがこの男女を助け出してここまで連れてきたのは見ればわかる。

「娘さん、安心しな。おれ達はどこまでもお前達の味方だからよう」

権三はまず落ち着いた声で、女に告げた。

女は怯《おび》えつつも、権三にすべてを託すと、目で言った。

「そんなら娘さん。まず立てるかな」

権三は労《いたわ》るように、励ますように言うと、大八車から起き上がる女を、木戸の内へと入れた。

そうして、ぐったりとしている男の方を、音次郎と二人で抱えあげると、店の奥の権三の住まいに素早く運び込んだのであった。

権三の部屋に寝かされた男の横で、しくしくと女は泣いていた。

仁兵衛はそっと様子を見にきた後、

「今日はもう飯も切れちまったから、仕舞いにさせておくれ」

来た客にはそう言って頭を下げ、店仕舞をしてしまった。

男女は夫婦であるという。

男は寛助《かんすけ》。女はおゆき。

おゆきの気が落ち着き、寛助の体力が回復するまでの間、権三は音次郎と熊吉から、ここまでの仔細を聞いた。

「この無宿者めが……」

音次郎は仕事帰りに、路地の片隅で憎々しげに若い男女に言い放つ、一人の目明かしを見かけた。

「親分さん。わたしらは何も悪いことをしてはおりません」

「どうかお見逃しくださいませ」

懸命に懇願していたのが、寛助とおゆきであった。

「やかましいやい！　お前ら駆け落ち者だろうが。じっくり話は聞いてやるから、そこまで顔を貸しな」

目明かしは、町奉行所同心の手先となって働くのだが、中にはお上の御用を務めているのを笠に着て、人の弱みにつけ込み金を強請ったりする者もいる。

駆け落ち者は人別帳から外されてしまうことが多く、無宿者の江戸流入を嫌う幕府にとっては、こういう連中を見過しには出来ない。

この目明かしはそこに目を付け、若い夫婦をどうにかしてやろうと企んでいるようだ。

たとえば二人が近在の者ならば親元に報《しら》せて脅してやれば、とばっちりを恐れて金を払うに違いない。

こういうやくざな目明かしは、何からでも金にする悪智恵が働く上に、一度食い付いたら蛭《ひる》のように離れないのだ。

音次郎はそっと見ていたが、次第に腹が立ってきた。

恐らく二人は、どこかの国の百姓で、色々と理由があって江戸へ逃げてきたのであろう。

男が二十《はたち》、女は十七、八くらいであろうか。若者二人の顔付きには、まったくといっていいほど濁ったものはない。

どう見ても、江戸でまっとうに暮らそうと誓い合い、やってきた夫婦と思われた。

「どうか……、どうかお見逃しくださいまし」

寛助は拝むようにして手を合わせていた。

「ふん、このどん百姓が……。お前らみてえなくずが江戸で暮らせると思ったら大間違いだぜ」

だが、目明かしは懐でちらつかせていた十手を取り出し、寛助の左の肩にそれを載せると、さらに脅し始めた。

「親分さん、今は持ち合せがありませんが、きっとお礼はいたしますので、どうか……」

「やかましいと言っているだろうが！」

目明かしは有無を言わさず、十手で寛助を打った。

「寛さん……！」

額を割られて血まみれになった寛助に、おゆきは寄り添い、庇《かば》おうとしたが、目明かしは血を見て興奮したのか、

「のきやがれ……！」

おゆきを蹴り倒し、

「手間を取らせるんじゃあねえや！」

と、寛助の腹を蹴って、倒れたところを踏みつけにした。

寛助はそれでも気丈に立ち上がって、おゆきと傍らの路地へ逃げ出した。

「待ちやがれ！」

目明かしがそれを追う。

この時、音次郎は仲間である車力の熊吉が傍《そば》近くにいるのを認めた。

熊吉も、目明かしのあまりに無慈悲な振舞いに怒りを募らせていた。

二人は目で合図を交わすと、さっと二手に分かれた。

音次郎は、悠然と寛助のあとを追う目明かしを尻目に、横の路地を駆けて先廻りして、立てかけてあった材木を倒した。

「な、何だ……」

目明かしは何とかこれをかわしたが、足をすべらせその場に倒れ込んだ。

その隙に、音次郎は今にも気を失ってしまいそうな寛助を支え、

「こっちだ……」

おゆきに囁いて、路地の角を曲がった。

そこには熊吉が曳く大八車があり、音次郎と熊吉は夫婦を荷台に寝かせ、筵を上からかけ、路地から脱したのである。

「野郎、どけえ行きやがった……」

転んだ拍子に足を痛めた目明かしが、よろよろと立ち上がり辺りを見廻したが、その時は既に大八車は消えていた。

音次郎と熊吉の行く先は、一膳飯屋〝とみ〟の裏手であった。

これまでも権三は何度も、危ない目に遭って困っている若い者を、店の奥で匿《かくま》ってきた。

身の安全を確保してやってから、何故危ない目に遭ったか問い質《ただ》し、若い者に非があれば諭し、話をつけるのであった。

音次郎も熊吉も、権三のやり方をよく知っているし、自ら進んで権三の手助けをしていた。

「困っている者を見かけたら、構うこたあねえ。おれんところへ連れてきな」

権三は常々そう言っていた。

それゆえ迷うことなく連れてきたのだが、相手は性質《たち》の悪そうな目明かしであったから、

「小父さん、今度ばかりはちょいと迷惑だったかもしれねえ……」

音次郎と熊吉は、そっと告げたものだが、

「馬鹿野郎、お前達の話じゃあ、その目明かしはとんでもねえ野郎だ。よくやったぜ。迷惑だなんぞ、おれが思うわけがねえだろう」

権三は小声で叱りつけて、

「だが、若え二人の話を聞かねえとな……」

権三は、寛助とおゆきが少し落ち着いた頃を見はからって、二人からこうなった経緯《いきさつ》を聞くことにしたのである。

幸い、寛助の額の怪我はそれほど大したことはなかった。

慣れぬ江戸へ出てきて、十手をちらつかせる目明かしに無宿者と脅され、いきなり殴られた衝撃が、痛みより大きかったようだ。

おゆきが無傷であり、助けてくれた男達が頼りになるとわかった途端、安堵のあまり気が遠くなったらしい。

意識がはっきりしてくると、起き上がっておゆきと居並んで、

「何とお礼を申し上げてよいやら……」

と、思いもかけぬ助けに涙を浮かべて、何度も何度も頭を下げた。

よく見ると、寛助は面長で鼻筋の通った、いかにも正直者でやさしそうな顔付きをしている。

おゆきはというと、華奢《きやしや》で肩がはかなく、小さな顔に切れ長の目が、何とも言えぬ哀切を含んでいる。

二人が並ぶ姿は美しく、今にも落ちてしまいそうな蕾《つぼみ》を、どうにかして咲かせてあげたいという気にさせられる。

自ずと荒くれ達の表情も和《なご》んだ。

「江戸にいるのは鬼ばかりじゃあねえよ。見たところ駆け落ちをしたみてえだが、理由《わけ》を聞かせておくれ。正直に話してくれたら、おれ達は力を貸すぜ」

権三は、目もとに静かな頰笑みを浮かべて言った。

寛助とおゆきは顔を見合ってから、またひとつ頭を下げた。

(四)

寛助は武州多摩の貧しい小作人の子として生まれた。

小作人は地主から田畑を借りて耕作をするのだが、おゆきはその地主の娘であった。

おゆきの家は、小作人から小作料を徴収し、自らも田畑を耕やしていた。

寛助は、時折百姓地で顔を合わすおゆきにいつしか心惹かれるようになってい
た。

ひとつには、おゆきへの同情もあった。

おゆきには兄が二人と、姉が一人いたが、彼女だけが異腹《いふく》であった。

父親が家の下女に生ませたのである。

おゆきは生みの母親と、別の家で育てられたのだが、まだ幼い折に母と死別し
てしまい、父親は彼女を引き取ったものの、本妻はこれをよしとしなかった。

そしてその怒りの矛先は、おゆきに向けられるようになる。

何かというと、端《はした》の娘なのであるから、そのように暮らすべきだとおゆきに辛
く当ったのである。

父親はそんなおゆきを不憫《ふびん》に思い、何くれとなく構ってやったが、それがまた
継母の怒りを募らせることになった。

継母は己が嘆きを、異母兄と異母姉に訴え、三人がおゆきを憎むように仕向け
た。

おゆきは家の中で孤立した。

やがて父親が亡くなると、おゆきは下女の扱いを受けた。

生母の苦労を知っているので、野良仕事も水仕事も辛くなかったが、継母は憎悪を向けてくるから、心が痛んだ。これならどこかの家の下働きをする方が余ほど楽というものである。

ことあるごとに、

「端の子が……」

と、罵《ののし》られ、気に入らないことがあると、継母はおゆきに当り散らしたのだ。

幼い頃から、辛い日々を過ごしたおゆきであるが、

「お前は、地主の娘なのです。どんなことがあってもにこやかにしていれば、世間の人はお前を慕ってくれるはずです」

母親にそう言われて育ったので、野良仕事に出ても、いつもにこやかにしていて、寛助は彼女の境遇を知っているだけに、その笑顔に心を惹かれた。

自分も笑顔でいなければならないと思い、彼もまた、どんな苦労があろうが、野良仕事に出る時は人ににこやかに接した。

二親《ふたおや》が次々に死んでしまい、そもそもが僅かばかりの田畑を耕やしていたとはいえ、一人では何かと辛かろうと、嫁取りを勧める人もいたが、

「ありがたいお話ですが、もう少しだけ一人で励んでみようと思っております」

と、丁重に断わった。

寛助はまだ二十歳になったばかりで、嫁をもらうほどの余裕はないのであろうと、村の人々は思った。

しかし、寛助の心の中には、おゆきの姿があった。

嫁をもらうのなら、あのような苦労をものともしない、明るい娘がよいと、想いは募った。

地主の娘ではあるが、下女同然に扱われているのだ。

「お前には、小作人がお似合いだよ」

と、望めば嫁にもらえるのではないだろうか。

おゆきにとっては不幸かもしれないが、そうなったら自分が命にかえても幸せにしてみせる——。

強い意志が寛助の心の内に生まれてきたのである。

おゆきの方も、時折顔を合わせて頬笑み合ううちに、寛助が気になってきた。

頬笑みを交わすのが、やがて一言二言言葉を交わすようになり、人目を忍んで逢うようになった。

「わたしはもう、天にも昇るような気持ちでございました……」

寛助はその頃を思い出し、額の傷を押さえながらうっとりとした表情となった。

話を聞いている権三達も、何やら心が浮かれてきて、身を乗り出していた。

「それで、どうしたんだい？」

「おゆきさんの家へ談判しに行ったのかい？」

音次郎と熊吉が次々に訊ねた。

「はい。おゆきの兄二人は、子供の頃からよく知っています。それで、おゆきを自分にもらえないかと、まず二人に頼んでみたのです……」

すると、二人は、

「何だと？　寛助の嫁に？」

「ははは、こいつは好いや。お似合いかもしれないな」

そう言って笑った。

それなら母親も許すだろうと、二人は寛助の話を通してやった。

だが継母は、

「ふふふ、そうかい、あの寛助がねえ……」

話を聞いて大いに笑ったが、一緒になることを許してはくれなかった。

「何でえそれは。どこまでも意地の悪い女だねえ。さんざっぱらこき使いやがって、まだ働かそうというのかい」

仁兵衛は舌打ちをした。

おゆきは、ずっと俯《うつむ》いたままで涙ぐんでいた。

寛助は労るような目を向けると、

「わたしにくれてやって笑いものにするのは好いが、惚れ合った者同士を一緒にさせてやるのも、それはそれで癪《しゃく》に障ると思ったのでしょうねえ」

と言って大きな息を吐いた。

「そんなら飼い殺しにしてやろうというのかい？」

「いえ、外で奉公させようと思ったのです」

「外で奉公？」

「はい、奉公とは名ばかりの、飯盛女《めしもりおんな》として……」

「何でえそりゃあ。宿場女郎に叩き売ろうってえのかい？」

仁兵衛は顔を真っ赤にして怒り出した。

これまで黙って聞いていた権三は、

「その企みを、お前さんは知ったんだね」

低い声で言った。

「はい。おゆきの兄二人が、どうも様子がおかしいので、野良仕事の合間にそっと窺ってみたら、そんな話をしていたのです」

おゆきの異母兄二人は、

「おっ母《か》さんにも困ったもんだな。兄さん……」

「ああ、小作人にくれてやるくらいなら、少しでも金になるところへ行かせればいいとよう」

「ちょっとやり過ぎじゃあねえかい」

「おれもそう思うが、おっ母さんがいきり立つと面倒だ。生きている間は話を聞いてやるしかねえや」

「そうだな。おゆきなら、なかなかに好い男に落籍《ひか》されるのではないか？」

「寛助みてえな貧乏な小作人の女房になるより好いってもんだ」

こんな風に己が母親を持て余しつつも、おゆきを庇ってやろうともしない。

異母姉は先頃、近隣の大百姓に嫁いでいて、まったくおゆきには関心がなかった。

これを聞いた寛助は、深い絶望と悲しみに襲われた。

貧乏な小作人に生まれたことを恨み、あまりにも哀れな運命を背負わされたおゆきを、何が何でも己が手で幸せにしてやりたいと思ったのだ。

やがて、おゆきは自分が奉公に出されることを知った。

それがまともなところでないと、彼女は察していた。

だが女の身ではどうすることも出来ない。

諦めてこの先を生きていくしかないのだ。

絶望の中にも、何か先に繋がる光明を見出せる日がくるかもしれない。

――寛助さんのことは忘れてしまおう。わたしが嘆けば嘆くほど、あの人は辛い想いをするだろう。

そのように自分に言い聞かせた。だが、想いは募る……。

「寛助さんは、それでもわたしを諦めずに、何もかも捨てて、二人で逃げようと言ってくれたのです」

おゆきが口を開いた。

「何もかも捨ててといっても、僅かばかりの田畑は借り物で、貧乏暮らしが続いた家には捨てて惜しい物など何もありません。だから、わたしの肚《はら》はすぐに決まりました」

寛助は、言葉に力を込めた。

野良仕事に出ているおゆきを捉えて、自分の想いを伝えた時の興奮を思い出したのだ。

寛助に気持ちを伝えられたおゆきにためらいはなかった。

二人は街道へと続く往還にある閻魔堂《えんまどう》に、そっと旅仕度を隠し置いて、朝から野良仕事へ出ると見せかけて、そこで落ち合った。そして手に手を取って間道を駆け、江戸へと駆け落ちをしたのであった。

㈤

「そうして、江戸へと逃げてきたのはいいが、あの目明かしに怪しまれて、呼び止められたというわけか」

権三は腕組みをして、むっつりと押し黙った。

二人の話からすると、鬼のようなおゆきの継母は、おゆきを人別帳から外し、村を捨てた寛助も、逃散百姓の扱いとなり夫婦共々、無宿者となっているであろう。

こんな若い美しい夫婦が、どうしてそんな憂き目を見ないといけないのか。

腹立ちが込みあげてきて、この先をどうしてやればよいのか、思案したのであった。

「しかし、わたし達のような者を捕えて、どうしようというのでしょう」

寛助は、目明かしの行動が解《げ》せない。

目こぼしをしてやるから金を寄こせというのならわかるが、寛助とおゆきにそれほどの持ち合せがないのは見た目にも明らかではないか。

「悪い奴というのはな。思いもかけねえようなことを企んでいるものなのさ」

仁兵衛はぽつりと言った。

「寛さんと呼ばせてもらうよ。お前をお上に突き出せば、そいつも顔が立つんだろうよ」

「わたしを突き出せば、顔が立つ？」

「たとえば佐渡のお金山だ」

「佐渡送りに？」

「水替え人足の手が足りなくなれば、そこへ送り込まれるのは、まず無宿者だ。引っ捕えて送っちまえば、体《てい》よくただ働きをさせられるから、お上としてはありがてえってわけさ」

「そんな……」

佐渡の水替え人足にさせられるのは、生きながらにして地獄へ行くのと同じだと言われている。

「寛さんはまだ若えから、目明かしの野郎も顔が立つってわけだ。そうしておゆき坊と引き離しておいて、そのどさくさに、どこかへそっと叩き売っちまうって寸法よ」

無宿者がどこへ行こうが消えようが、誰も気には留めない。つまり、無宿者に対しては何をしても許されるというわけだ。

「だが、おれは無宿者と見て、酷《ひで》え真似をする野郎は決して許さねえよ。とはいっても、目明かし相手に喧嘩をしても潰されてしまうだけだ。それよりか、うまく立廻って鼻を明かしてやろうじゃあねえか」

権三はきっぱりと言った。

「鼻を明かす……？　小父さん、そいつはいってえ……？」

音次郎が首を傾《かし》げた。

「決まっているじゃあねえか。恐らくそのとんでもねえ目明かしは、〝かわらけの善二《ぜんじ》郎《ろう》〟に違えねえ」

「かわらけの善二郎……。聞いたことがありやすね」

熊吉が頭を捻った。

「聞くところによると、無宿者や入れ墨者を見つけていびるのを、生き甲斐にしているって野郎だ」

さすがに仁兵衛は年の功である。そういう話には詳しかった。

権三は相槌を打って、

「奴の生き甲斐を踏みつけにしてやるのよ」

男達を見廻した。

「寛さんとおゆき坊……。二人を隠し通して、どこかへ落ち延びさせる。それが何より、かわらけの善二郎の鼻を明かしてやることになるぜ」

仁兵衛、音次郎、熊吉の表情が、一斉に綻んだ。

寛助とおゆきは、思わぬ人の情に触れて、それが信じられなくて、目をぱちくりとさせている。

「二人を落ち延びさせる先を見つけなければならねえな」

仁兵衛が顎をさすりながら言った。

「まず、引き受けてくれるところを洗い出してみようじゃあねえか。その間は二人を何としてでも隠し通さねえとな」

「小父さんのところで匿うのは好いが、ずうっと二人をここに閉じ込めておくわけにもいかねえんじゃあねえか」

と、音次郎が口を挟んだ。

〝とみ〟の店の奥には、権三と仁兵衛が寝泊まりしている部屋が二つ。

裏庭には物置があるから、ここを上手く使えば寛助を隠すことは出来るだろう。

厠《かわや》は物置に隣接しているのだが、人の出入りが多い一膳飯屋であるから、寛助が厠を使ったとてさして人目にはつくまい。

だが若い夫婦が、この一膳飯屋にいるとなれば、気になる者も出てくるであろう。

ひとまず、おゆきとは分けて匿った方がよいのではないかと音次郎は言うのだ。

「確かに、音が言う通りだな」

権三は頷いた。

「だがよう。ここから遠いところとなりゃあ何かあっても繋ぎがとりにくいな」

「そんなら近くにいるだろうが、〝ちんこ切り〟の亀《かめ》がよう」

仁兵衛が小さく笑いながら言った。

「おお、そういやあそうだ。〝ちんこ切り〟がいたぜ」

音次郎が笑った。

「あの……。〝ちんこ切り〟の亀さんというのは……、恐ろしい人なのですか？」

寛助が眉をひそめた。

「わたしにはついていないから、切られることはありませんが……」

おゆきがその横で首を竦《すく》めた。

「ははは、こいつはいいや……」

権三を始め、男達は大笑いした。

「いやいや、〝ちんこ切り〟ってえのは、女に付いてねえ、その〝ちんこ〟じゃあねえのさ」

仁兵衛が腹をよじりながら言った。

「〝賃粉切り〟は、手間賃をもらって、煙草の葉を刻む職人のことなのさ」

権三が声を潜めて言った。

「あら、そうなのですか……」

耳の先まで赤くなったおゆきを見て、寛助にも笑顔が戻った。

「おかしいだろう。〝ちんこ切り〟が、亀太郎《かめたろう》ってえんだからよう」

仁兵衛はそう言って寛助を笑わせると、

「亀太郎は、この隣の表長屋の端に住んでいるのさ。裏の空き地からそっと出入りができるから好都合ってとこさ」

亀太郎には千住に妹が住んでいるのだが、年に数度、渡り中間《ちゅうげん》をしている亭主と夫婦喧嘩をして、亀太郎の家に転がり込んでくるのだと仁兵衛は言う。

それゆえ、おゆきを匿うにあたっては、ちらりと姿を見かけられたとしても、

「また妹の奴が家出してきやがったんでさあ……」

と言えばごまかしが利く。

そして、この亀太郎もまた〝とみ〟の常連で、権三を慕っている一人であるのだ。

「そういやあ、亀太郎の奴、今日は一度も店に顔を出してねえな。父つぁん、何か聞いているかい」

「いや、昨日の話じゃあ、何か野暮用があると言っていたが……。音、お前は何か聞いているかい？」

「いや、おれもそう聞いたが、そろそろ帰っているはずだ。ちょいと見てくるよ」

そうして、音次郎は裏の空き地へ出ると、すぐに亀太郎を連れて戻ってきた。

部屋へ入るなり亀太郎は、

「寛さんとおゆき坊かい……」

二人を見て声を詰まらせた。

彼もまた音次郎、熊吉と同じような年恰好で、隣からここへくる僅かな間に、仔細を音次郎から聞かされて、若い夫婦に同情を禁じえなかったらしい。

顔を見れば、まだあどけなさの残る素朴な二人である。何故、無宿者だと追い廻されねばならないのだ――。

情に厚い亀太郎は、会った途端に堪えられなくなったようだ。

「むさ苦しいところだが、命にかえても、寛さんの大事なかみさんを守ってみせるよ」

今日は、音次郎と熊吉に後れをとってしまっただけに、それを挽回したかったのであろう。何度も大仰に胸を叩いてみせた亀太郎であった。

仁兵衛は、その姿を見てからかいたくなり、

「ちょいと大袈裟だが、こいつも好い奴なんだよ。だから、寛さん、おゆき坊、恐がることたあねえよ。〝ちんこ切り〟をよう」

惚けた声で言った。

ぽかんとする亀太郎を尻目に、一同は声を押し殺して笑った。

寛助とおゆきは、何年ぶりに心の底から笑ったのであろうと、喜びを嚙み締めるうちに、今度は泣けてきた。

まだ若過ぎる二人であった。

「わたしは、こんなに人から親切にされたことはなかった……」

「どうして……、どうしてわたし達にここまで肩入れをしてくださるのです」

寛助とおゆきは泣きじゃくった。

権三は、いかつい顔を仏のような慈愛に充ちたものに変えて、

「そんなに気を遣うこともねえよ。おれ達は皆、こういう者なのさ」

と、左腕をたくしあげてみせた。

仁兵衛、音次郎、熊吉、亀太郎もこれに倣う。

五人の男の腕には肘の下辺りに、かつて罪を犯した証《あかし》である入れ墨が彫られていたのである。

㈥

かくして、寛助とおゆきは、権三達五人の入れ墨者に匿われることになった。

寛助は、一膳飯屋〝とみ〟の裏庭にある物置小屋に潜んだ。

小屋は五坪ほどで、中は食料や米、酒などが、食器や道具などと共に雑然と置かれてあるのだが、奥の壁は二重になっていて、〝鰻《うなぎ》の寝床〟のような一角が隠れている。

これは権三が、何かあった時の隠れ場所として設《しつら》えた。

これまでも、入れ墨者、無宿者というだけで追い廻された哀れな連中を、ここで匿ってきた。

幸いにも、小屋にまで踏み込まれたことはなかったが、仮にそうなってもここに入り込んでしまえばまず見つかるまい。

仁兵衛、音次郎、熊吉、亀太郎も、ここに身を潜めたことがあった。

四人はいずれも、入れ墨者であり無宿者であったが、権三に助けられて、今では新たな暮らしを送っているのだ。

そのうちに、〝とみ〟の隣に建つ表長屋の一軒に住んで、煙草刻みを始めた亀太郎は、一時ぐれた妹を押し込めるために、押し入れに工夫をした。

押し入れの天井裏に、さらなる押し入れを拵えたのだ。

妹は立ち直って、渡り中間と所帯を持って千住で暮らしているのだが、喧嘩になると帰ってきて、ここで寝起きをする。

このところは夫婦も円満で、使うこともなくなっていた。

おゆきを隠すにはちょうどよかったのだ。

まず数日は、権三と仁兵衛が智恵を絞り、無宿となった寛助とおゆきを、どこに逃がしてやればよいかを考えることにした。

決まった頃には、寛助の心と体の傷も癒《い》えていることであろう。

五人の入れ墨者達は、それぞれが過去にしくじりを犯してしまったが、今は、何とかまっとうに暮らしている。

そのありがたさを天に謝する意味を込めて、同じ境遇にある者達に手を差し伸べてきた。

しかし、寛助とおゆきは何もしくじっていないし、誰に迷惑をかけたわけでもない。

それなのに一緒になることを邪魔され、苦労をして逃げてきたと思えば、悪徳目明かしに殴られ蹴られ、捕えられるところであったというのは、

「お天道様も酷いなされようだ」

となる。

何としてでもこの二人を添い遂げさせてやる。

その想いに権三達は、久しぶりに生きる喜びと張りを覚えていた。

彼らが始動した翌日。

隠居の文左衛門の意を受けたお竜は、〝とみ〟に中食《ちゅうじき》をとりにきた。

「おや、お竜さん、さっそくきてくれたのかい？」

仁兵衛が大喜びで迎えると、板場から権三が顔を覗かせて、

「こいつはまた、義理堅《がて》えや」

にこりと頬笑んだ。

「昨日こようと思ったのですがね。すぐに行くのはちょいと恥ずかしくて……」

お竜ははにかんでみせたが、

──昨日くればよかったよ。

心の中で思っていた。

店へ入るまでに、〝とみ〟から出てきた客が、

「そういやあ昨日はやけに早く仕舞ったが、何かあったのかい？」

と、見送りに戸口まで出た仁兵衛に訊ねているのを聞いた。

さらに、権三と仁兵衛の様子が一昨日とは違って見えたのだ。

言葉では言い表せないが、老人二人の表情には精気が漲《みなぎ》り、目付き物腰に鋭さが窺える。

そして、その緊張を見せまいと、長年培ってきた愛敬で取り繕っているような気がするのだ。

そこは、お竜もさすがの眼力といえよう。

虐げられてばかりのか弱い女と思いきや、思いもかけず五体五感に、武芸者としての天賦の才が埋もれていて、闘いの日々を経てさらに開花していたのである。

とはいえ、

「昨日は何かあったのですか？」

という言葉は口にせず、

「ちょいと暇ができましてねえ。ここなら、気を遣わずにゆっくりさせてもらえるかなと、思いましてね」

お竜は、ふふふと笑いながら言った。

日頃は口数が少ないが、何かことに及ぶ時は、悪戯《いたずら》っぽく喋られるようになった。

既にお竜は、自ずと臨戦態勢に入っていたのだ。

「へへへ、こいつは言ってくれるねえ」

仁兵衛はお竜の肚までは読めずに、素直に笑ってくれた。

「何のお構いもできねえが、気のすむまでゆっくりしていきなせえ」

権三も、さっそくお竜が文左衛門の口利きで店に馴染《なじ》んでくれたと、手放しで喜んだものだ。

しかし、その間も裏手の物置小屋の中では、寛助が息を潜めて養生をしていて、権三も仁兵衛も気を張り巡らせていた。

その上で二人は、寛助とおゆきの落ち行く先をどこにするか思案していた。

お竜に異変を悟られているとまでは、思いもしなかったのだ。

ところが、お竜の他にもう一人、独特の嗅覚を働かせて、〝とみ〟の縄暖簾を潜った男がいた。

目明かし・かわらけの善二郎であった。

昨日は、赤坂田町五丁目辺りで一組の若夫婦に目がいった。

出で立ちは野暮ったく、どう見ても田舎の百姓が江戸へ出てきた様子で、どうもおどおどとして落ち着きがない。

――こいつら、駆け落ち者に違えねえ。

となればいくら若くて純真な二人であったとて無宿者だ。このまま江戸をうろうろさせるわけにはいかない。

それで呼び止めて、四の五の言うので十手でひとつ食らわせてやったまではよかったが、路地で材木が倒れてきて、よけた拍子に足を痛めてしまった。

やっと路地を出ると、二人の姿は消えていた。

――ふざけた真似をしやがって。

あんなひよこのような男女を取り逃したとは痛恨の極みであった。どう考えても二人の逃亡を手助けした者がいる。それがとにかく腹立たしかった。

逃げた方角は大よそ見当がつく。足を痛めたとて、乾分《こぶん》である下っ引きの文六《ぶんろく》は、なかなか役に立つ。

こ奴に若い旅の男女を見かけなかったかと聞き込みをさせて、〝とみ〟へやって来たのだ。その勘たるや、恐るべきものだ。

善二郎は乾分を連れずに、ふらりと店に入った。お竜はその時飯を食べていた。

「いらっしゃいまし」

仁兵衛は愛想よく迎えたが、目の奥に一瞬鋭い光を浮かべていた。これも年の功であろうか。仁兵衛は善二郎を以前見かけていた。

だがそんな様子は見せぬのが、仁兵衛の身上であった。すぐに十手を見せたりはしない善二郎を、目明かしの親分だとは知らぬ体を装った。

「何やら臭うぜ……」

善二郎は店の内をうろうろしながら言った。

「へ？　そいつはいけねえ、何が臭います？」

仁兵衛は驚いてみせた。

「おっとこいつはすまねえ。飯屋へ入って臭うとは不躾《ぶしつけ》だったな。いや、おれは北町の旦那から御用を聞いている、かわらけの善二郎って者でねえ」

善二郎は淡々とした口調で名乗った。

「ヘッ？　そんなら親分さんで？　こいつはまた不調法でございました。ただ今お茶を……」

「それには及ばねえよ。臭うと言ったのは、この辺りに無宿者の嫌な臭いがするってことだあな」

善二郎は皮肉な物言いをした。

「親分、あっしらは何もいけねえことはしておりやせんぜ」

板場から権三が出てきて頭を下げた。

「そうかい。そいつは感心だ。この先も頼んだぜ。怪しい奴がいたら教えてくんな」

「へい。そいつはもう……」

「昨日、駆け落ち者を見咎めたんだが、誰かに邪魔をされて逃げられちまってよう」

「左様で……」

「逃げられた辺りで、それらしい二人を見かけた者はいねえ。てこたあどうだ。二人は駕籠に乗って逃げたか……。いや、駕籠には二人乗れねえから、大八車ってところだな」

「なるほど、大八車に身を隠して……。でも親分、この辺りには大八車なんて、星の数ほど走っておりやすからねえ」

仁兵衛が首を傾げてみせた。

「父つぁんの言う通りだ。どれに乗っていたかはわからねえ」

「そんな怪しげな二人を、わざわざ助ける物好きな奴がおりやすかねえ」

「それがいるんだよう。男伊達を気取る馬鹿がよう。その馬鹿が、馬鹿の親玉の許へ運び込んで匿っているかもしれねえじゃあねえか。まあ、大八車で二人運ぶとなりゃあ、あんまり遠い所までは行かれめえ。おれの勘では、せいぜいこの辺りまでだな」

〝とみ〟の店内に不穏な気が張り詰めた。

善二郎がどこまで摑んでいるかはわからないが、権三が〝男伊達を気取る馬鹿の親玉〟と見当をつけて、鎌をかけに来たのであろう。

お竜は黙って飯を食べながら、注意深く男達の様子を見ていた。

善二郎は、悪巧みに長《た》けた目明かしである。これは侮れない。

とはいえ、権三、仁兵衛も肚が据わっている。目明かしに何を言われても動じないのは大したものだが、その駆け落ち者に二人が関わっているのではないかと、お竜の勘はそのように心の内で叫んでいた。

(七)

お竜は〝とみ〟を出ると、麻布市兵衛町にほど近い不動院門前に向かった。

かわらけの善二郎は、探りを入れると〝とみ〟から立ち去った。

「何だかいけすかない目明かしですねえ……」

お竜はそう言って、権三と仁兵衛に頬笑んで、自分も店をあとにしたのだが、善二郎が気になって仕方がなかった。

こ奴について調べておこうと、不動院門前の煙草屋を訪ねたのだ。ここには、先頃から町奉行所同心から手札を授けられ、晴れて目明かしの仲間入りをした長《ちょう》太《た》と粂三《くめぞう》がいる。

そもそもは町の破落戸《ならずもの》で、煙草屋に居候していた二人だが、盗品密売の悪党達の捕縛に手柄を立て、その功を賞され、同心の懐から下された金子《きんす》で煙草屋を買い取り、己が住まいとした。

それをそっと助けたのがお竜で、二人はお竜を恩人と慕っている。

いずれは二人共に嫁をもらい、嫁二人に煙草屋を任せて、ここを根城に悪党退治に精を出すつもりであったが、今はまだ女房になる女が見つからず、小女《こおんな》を置いていた。

幸い、お竜が店を覗くと、二人は奥の一間にいて、十五、六の若い者を叱りつけて説教していた。

「姉さん……」

二人はお竜の姿を認めると、照れくさそうに頭を掻いて、

「おう、帰っていいぞ」

「この先は気をつけな」

と、若い者を帰した。

「若いのを諭していたのかい。大したもんだ」

お竜が感じ入ると、二人はますます赤くなって、

「姉さんに見られるのは恥ずかしいや」

「まあ、上がっておくんなさい」

大喜びで迎え入れた。

「いや、ちょいと教えてもらいたいことがあってね……」

お竜は、かわらけの善二郎について二人に訊ねた。

「そんなことならお安い御用だ」

長太は固太りの体を震わせ胸を叩いたが、

「だが姉さん、あんな野郎に関わらねえ方が好いよ」

粂三は、ひょろりとした体を縮めて言った。

二人の話では、善二郎は愛宕下から赤坂田町辺りまでを縄張りにしているのだ

が、

「人の弱みを調べあげて強請りやがる外道《げどう》さ」

「とんでもねえ野郎だよ」

であるそうだ。

一度食いついたらなかなか離れないので、〝すっぽんの善二郎〟とも言われているらしい。

「目明かしなどしている者は、そもそもろくなもんじゃあねえんだ。おれ達だってそうだったが、善二郎はとんでもねえ暴れ者で、町の鼻つまみ者だったそうだよ」

「そんな野郎が、人の前の罪を暴き立てて、脅すとは堪《たま》らねえや。だが、姉さんはどうして奴のことを？」

長太と粂三は、お竜に問うた。

「あたしのお気に入りの一膳飯屋さんを、脅かしやがったのさ。それでどんな奴かと思ってね」

「そうかい、そいつは気になるな」

「ここは上手くやり過ごすしかねえな」

それから長太と粂三は、下っ引きに文六という三十前の男がいるが、文六もまた善二郎に輪をかけた悪党で、親分の悪事を諫《いさ》めるどころか、

「手前の方から悪巧みを仕掛けるって奴さ」

「おまけに思い込みが強《つえ》えから、間違って罪のねえ者まで引っ張りやがる」

ということや、善二郎の住処などを詳しくお竜に教えてくれたのだ。

二人共、お竜のことであるから善二郎に意趣返しをするのではないかと案じたが、

「いくらあたしが向こう見ずでも、御用聞き相手にことを構えるつもりはないさ。色々聞けてよかったよ。長太親分、粂三親分」

お竜はにこやかに礼を言うと、そこからすぐに芝口へとって返した。

仲間、同志というと井出勝之助しかいなかったが、いつの間にか長太、粂三が気易くものを頼める存在になっているのが嬉しかった。

いささか間の抜けた二人組ではあるが、彼らとてお上の御用を務める身なのだから役に立つ。

やがて芝口橋を渡るとそのまま北へ進み、文左衛門の家へ向かった。

「ご隠居、今日は〝とみ〟にお昼を食べに行きましたよ」

文左衛門はお竜の来訪を待っていたようだ。

「行ってあげてくれましたか」

ニヤリと笑うと、それから彼女の話にしっかりと耳を傾けた。

「なるほど、かわらけの善二郎……、ですか」

文左衛門はお竜の話を聞くと、腕組みをして天井を見上げた。

「ご隠居は、善二郎が〃とみ〃にやってくるのではないかと、察していたのですか？」

「いえ、善二郎のことまでは知りませんでした。近頃やたらと無宿者が殺されたり、引っ立てられたりしているようなので……。荒くれが集まるあの一膳飯屋が、気になっていたところだったのですよ。初めからそう言えばよかったのですが、何ごともなくすむのなら、わざわざ話すこともないと思いましてね」

文左衛門は苦笑した。そう思っていたが、お竜を連れていった翌日に、権三の仲間内が駆け落ち夫婦を助け、権三が匿った。

そして、今日になってすぐさま善二郎が、権三を疑い絡みつき始めたのだと、文左衛門は察していた。胸騒ぎがあまりにもぴたりと現実のものとなり、

「わたしはどうやら人にお節介を焼くために生まれてきたようですな」

「〝とみ〟の権三さんには、色々な昔があったのでしょうねえ」

「はい。その、かわらけの善二郎が好みそうな昔がね」

文左衛門はひとつ唸った。

(八)

「文六、今度のことでは、お前もなかなかよくやったじゃあねえか」

「へへへ、かわらけの善二郎親分の名を出しゃあ、誰だって何でも話しますよう」

「あの権三の野郎を詳しく調べてみたら、奴は島帰りだぜ」

「さすがは親分、動きが早《はえ》えや。あの一膳飯屋には、叩けば埃の出る野郎が集まっているってえいいますからねえ」

「あの店は、そもそもお富という芸者あがりが始めたそうだ」

「そんなら権三は、その情夫《まぶ》だったたんですね」

「ああ、そうらしい。権三は魚屋だったんだが、博奕好きの暴れ者で、いかさま博奕に怒って大暴れをして、島送りになったたんだ」

「で、お富は権三が帰ってきた時に、転がり込めるところを拵えてやろうとあの店を?」

「帰ってこられるかどうかわからねえってえのによう。泣かせるじゃあねえか」

「へへへ、まったくだ。で、何とか御赦免になってあの店を女房と二人で……」

「ついている野郎だぜ。ところが、それから何年かしてお富が死んだ。権三は、無宿者の仁兵衛を置いてやり、手前らと同じ境遇の者を見かけりゃあ、世話を焼いてやるわけだ」

「好い心がけだと言いてえところだが、あの一膳飯屋はろくでもねえ野郎共の溜り場になっちまっているってわけですね」

「そういうことよ。このまま捨てておくわけにもいかねえや」

「どうします。ちょいと強請ってやりますか」

「強請ったところで、いくらにもならねえや。老いぼれ二人を佐渡へ送ったって、使いものにもならねえ。これまで男伊達を通してきたんだ。どこで誰と繋がっているか知れやしねえや。じっくりとかからねえとな」

「相手が入れ墨者と知れたんですぜ。少々手荒なことをしたって構いませんや。恐らく奴は裏手の物置に駆け落ち者を匿っているのに違いありやせんや。いっそ踏み込んじまえばどうです？」

「いや、踏み込んで見つかるほど、奴は甘くはねえぜ。おれ達を物置に誘い込んで、そこで待ち伏せて、わからねえように始末してやろうなんて考えているかもしれねえ」

「まさか……」

「いや、奴らはこの先捕えられたら後がねえんだ。そもそもがろくな奴らじゃあねえから開き直ったら、何だってするぜ」

「なるほど、念には念を入れた方が好いですねえ」

かわらけの善二郎は、乾分の文六と二人で暮れゆく秋空の下、欅《けやき》の大樹の陰からじっと一膳飯屋〝とみ〟の裏手を見張りながら話していた。

逃がしてしまった駆け落ち者は、もしや〝とみ〟に隠れているのではないかと、素早く見当をつけた善二郎は、まず権三と仁兵衛に揺さぶりをかけた。その上で、文六に裏手を見張らせ、表には日頃からこの辺りで飼い慣らしてある破落戸をうろつかせて、人の出入りを見張らせた。

そして自分は、すぐに権三の身許を洗ったのである。

権三が島帰りで、お富の許へ転がり込んだという話はすぐに知れた。

昔のことで、知っている者も少なくなったが、赦免されて江戸に戻ってきた流人《るにん》の中に権三がいて、それを涙ながらに迎えたお富が店に連れて帰ってきたのは、ちょっとした話題になっていた。

乱暴者ではあったが、権三は義侠心に溢れていて、この辺りの者達からは好かれていた。

それゆえ赦免になって戻ってこられたことを誰もが喜び、お富の苦労を称えたものだ。

年寄り連中は、美談にさえしている。

入れ墨者であっても、罪を償い懸命に一膳飯屋を営み、弱い者、貧しい者を助けた権三を、処《ところ》の御用聞き達もいたぶったりはしなかった。

しかしこの数年、情に厚い御用聞きも隠居をしたり、亡くなったりで、すっかりいなくなった。

善二郎が、まさか過去の罪を言い立てて人を脅すような御用聞きだとは思っていないので、やさしい声で問われると誰もが素直に権三の昔を話してしまうのだ。

善二郎は、権三の過去と、彼が現在は人助けに生きている事実を容易《たやす》く仕入れることが出来た。

そして、それからすぐに裏手を見張っている文六の許へ戻ったのだ。

「今宵あたり、きっと奴は裏手から二人を逃がすだろうよ」

「なるほど。あの裏手は人目につきにくいですからねえ」

「この辺りを大八車が通ったのを見た者もいる。駆け落ち者はそれに乗せられて、裏から入ったんだ」

「入ったものは、また外に出るってわけだ……」

「出たところを押さえてやろうじゃあねえか」

お竜が、かわらけの善二郎について調べている間に、善二郎は権三を調べ、すぐに裏手が怪しいと見て張り付いていた。

「けッ、今まであんな入れ墨者に手心を加えてきた奴らがいけねえ。この先はおれが仕切って、とことん追いつめてやらあ」

善二郎にとっては、島帰りの男など、再び江戸で暮らしているだけでも煩《わずら》わしい存在なのだ。ましてや自分の獲物を隠したとなれば、いつ殺したとてよい相手といえる。

この善二郎、執念深く執拗な悪魔のような男なのである。

一方、権三も手をこまねいているわけではなかった。

髪結いの音次郎、車力の熊吉は、三度の飯を食べにきて、〝ちんこ切り〟の亀太郎と巧みに繋ぎをとっていた。

「まったくお前は、また夫婦喧嘩か！」

亀太郎は、妹が来ているとわざわざ言い訳がましく近所に触れず、時折、隣に聞こえるくらいの声で、妹の来訪を匂わせておきつつ、おゆきを件《くだん》の押し入れの隠し場に匿っていた。

音次郎は、かわらけの善二郎は血も涙もない奴だと巧みに噂を流したので、この界隈の者達は善二郎に余けいな話はしなくなった。

それゆえ、亀太郎がかつて罪を犯したとはまだ善二郎の耳に入っていなかったので、おゆきがここに匿まわれているとまでは気付かれていなかった。

「おゆき坊、もう少しの辛抱だからな」

亀太郎は励ましながら、ひたすら煙草を刻んだ。

「今のところは、善二郎もおゆき坊が亀太郎の家にいることまでは気付いてねえようだな」

権三は仁兵衛と、上手く間隔を空けて店にくる音次郎と熊吉とで、策を練っていた。

「善二郎は、裏手の物置に二人が匿われていると、当りをつけているはずだ」

権三と仁兵衛にはそれがわかる。

「おれを突つけば、裏手からそっと二人が逃げ出す。そこを押さえてやろうと考えているのに違えねえ」

権三はそのように見ていた。

二人の落し先は、相州平塚と決めた。

かつて権三が賭場で暴れて島送りになった時、同じように騒ぎを起こしながら、権三に逃がしてもらった男がいて、今は平塚で旅籠《はたご》の亭主に納まっている。

「兄ィ、何でも言ってくんなよ」

彼はそれを恩義に思って、時折二人だけが知る変名で便りを寄こしてくれている。

やはりここしかないと思いつつ、このままではうっかりと外へ出すことは出来ない。

「おれがそうっと善二郎と乾分に近付いて、ここに駆け落ち者が匿われていると訴人《そにん》してみますかい」

と、音次郎は言った。自分が裏木戸を開けておくから物置小屋へ踏み込めば好い。そのかわり、この先自分の安全は保証してもらいたいと入れ墨を見せて持ちかけるのだ。

「そうして踏み込んだところを、おれ達で待ち伏せて、物置小屋の中で殺《や》っちまう……」

善二郎さえ闇に葬れば何とかなると音次郎は言う。

「いや、そいつは危ねえ賭けだぜ」

権三は許さなかった。善二郎がそれを読んでいると、彼は見ていた。

「それに、いくら悪い奴でも殺しちまえば、これまでのおれ達の辛抱が無になっちまう」

入れ墨者達は考え込んだ。

善二郎の出方を見抜いていても、寛助とおゆきを匿っていることが、こんなに早く勘付かれるとは思ってもいなかった。

善二郎としては、相手は入れ墨者であるから踏み込んでもよいのだが、それでは暴れ者達を自棄《やけ》にさせ、己が命が危険に晒される。

突つけば何かことを起こすだろうと、今は出方を見ているはずだ。

このまま根競《こんくら》べといけば、見張る方は骨が折れるゆえに、どこかで隙が出るだろう。

そこを衝けば脱出の機会が訪れるかもしれぬが、業を煮やせば攻め込んでくるに違いない。こちらが不利なのは否めないのだ。

物置の狭い隙間に潜む寛助にも、その緊迫は伝わる。

「わたしが逃げて、相手を引きつける間に、おゆきだけでも逃がしてやって頂けませんか」

仁兵衛が様子を見に行くと、寛助は悲壮な表情で伝えたのであった。

――何とかしてやりたい。

荒くれ達の想いが募る。そのまま妙案が浮かばぬまま、権三達の焦燥は増した。

そこへふらりと入って来た客が一人。

文左衛門であった。

「ご隠居……」

権三と仁兵衛は、動揺を覚られまいと迎えたが、文左衛門は、いつもと変わらぬにこやかな表情を見せると、

「権さん。お前さん、わたしには世話になった、何度も助けてもらった、今この

店があるのは隠居のお蔭だなどと日頃はよく言っているそうですねえ」

「へい。そりゃあもう、その通りなんで」

「そのわたしをどうして欺くのです？」

「欺く？」

「わたしに内緒で、何かおもしろそうなことをしているようですねえ」

「いや、おもしろそうなことなど何も……」

「ほら、欺こうとしている。物好きな隠居を鬼ごっこにまぜてくださいな」

権三は、苦虫を噛み潰したような顔となって、

「ご隠居、どうしてそうお前さんは、何でもお見通しなんですよう。世話になったお人だからこそ黙っておこうと思ったんじゃあござんせんか……」

文左衛門の傍へ寄って、囁くように言った。

(九)

その夜。一膳飯屋〝とみ〟から、若い男女の二人連れが外へ出た気配はなかった。

辛抱強く見張っていた善二郎は、

「野郎、動きを見せやがらねえ」

と、苛立ちを募らせた。

「あの一膳飯屋は、叩けばどこからでも埃が出ますぜ。こうなりゃあ、北町の旦那にお報せして、踏み込んでもらったらどうです？」

御用聞き、目明かしなどというものには、そもそも咎人を捕縛する権限などない。

捕えるべき相手の居処を探って、同心に報せるのが役目なのだが、止むをえず、捕えないといけない場合は〝手捕り〟にする。

とはいえ、それでは善二郎にとっては、旨みがない。

後ろめたいことがある者を泳がせ、そ奴が生きていくのに寄り添って、生き血を吸うのがこの悪党の流儀なのだ。

若い男は佐渡送りにして、女の方は助けてやるふりをして、水茶屋にでも働かせ、働けるうちは目こぼし料を払わせるのが、善二郎の駆け落ち者に対するやり口であった。

ここまで手間をかけることもないかもしれないが、かわらけの善二郎が駆け落ち者に逃げられたとなれば、この先なめられる。
見たところおゆきは上玉であるし、逃げてきた先を突つけば、そこからも金を
絞りとれるかもわからない。
「文六、もう少し様子を見るぜ」
〝とみ〟の裏手の空き地の向こうには、空き家になっている小さな仕舞屋《しもたや》がある。
善二郎は文六に見張らせて、自分は時折そこへ入って休息をとった。
やがて夜が明けてきた。
善二郎が文六の許へと歩み寄ると、
「親分、駕籠がきますぜ」
文六は欅の陰から遠く空き地にやって来る一丁の駕籠を指さした。
「早くからこんなところに駕籠とは妙だぜ」
二人は顔を見合って、〝とみ〟の裏手を窺った。
すると、裏木戸が開いて中から権三が出てきて、辺りを窺った。
善二郎と文六は慌てて身を隠した。
権三は人影がないのを確かめると、駕籠を木戸の前にぴたりとつけさせた。
駕籠舁《か》きは、木戸側の垂れをさっとめくり上げた。こうして人知れず木戸から

誰かが出て、駕籠に乗り込む算段なのであろう。

目を凝らすと、駕籠に乗り込まんとする女の姿が見えた。

「あの女だ……」

遠目にはっきりとは見えないが、着物の色柄がおゆきのそれと同じであるのがわかる。

夜明けの、特に緊張が緩む今頃を狙って、裏木戸から直《じか》に駕籠に乗り込み、どこかへ逃げるつもりのようだが、

「ふん、こっちに抜かりはねえや」

姿を見せずに乗り込もうとしたとて、少しは見えてしまうものだ。

女は権三と二言三言、言葉を交わすと、駕籠に乗って裏木戸から去った。

権三は心配そうに辺りを見廻すと、やがて木戸の中へと姿を消した。

どうやらまず女を落すようだ。

「よし、女を追おう」

善二郎と文六は、そっと駕籠をつけた。

駕籠は実にゆったりと町を進む。

善二郎はほくそ笑んだ。権三は義俠心を発揮して、女をどこかへ預けるのかも

しれない。

そうなれば、預け先によっては、金の生る木を得られることになろう。

駕籠は、芝口橋を渡って北へと向かった。

相変わらずゆったりとした調子の駕籠舁きは、道中何度も休みながら新両替町二丁目の呉服屋〝鶴屋〟の前に止まった。

店はもう開いていた。主らしき男が出てきて、駕籠の中の女を素早く大暖簾の内へ入れると、店の番頭に駕籠舁きへの支払いをさせ、自分も中へと入った。

「〝鶴屋〟か……。こいつは好いや」

善二郎は興奮気味に言った。

文六と中を窺うと、女は帳場の奥へ消えたようだ。

善二郎と文六は、十手を懐にしまって店へと入り聞き耳をたてた。

「お待ち兼ねですよ」

主、孫兵衛の声が聞こえた。

「まさか、あの若えのが……」

善二郎は唸った。〝とみ〟はよく見張っていたつもりであったが、男の方は素早くどこかに隠され、この店で落ち合うのであろうか。

だが、ここにいるならこっちのものだ。

帳場の向こうに一間があり、そこから女のひそひそ声が洩れ聞こえてくる。

「ご迷惑をおかけしました……」

「いえ、こっちもきてもらって助かりますよ」

主との会話を聞く限り、駆け落ち者の女を〝鶴屋〟は雇うつもりのようだ。

「文六、女が逃げねえように、裏手を見張るんだ」

善二郎は文六に指図すると、帳場近くにいて様子を窺う善二郎を怪しんで、

「もし、何か御用があれば承りますが」

と、声をかけてきた番頭に、

「おれは北町の御用を聞いている、かわらけの善二郎という者だ。主をこれに呼んでくんな」

凄みを利かせた。

「は、はい、ただ今……」

番頭は慌てて帳場の向こうの一間へ入って、主の孫兵衛にこれを伝えた。孫兵衛は一間から出てきて、善二郎の前に畏《かしこ》まった。

その刹那、駆け落ち者の女の後ろ姿がちらりと見えた。

「これは親分、何か御用でございましょうか」

「〝鶴屋〟の旦那ですかい。朝っぱらから申し訳ねえんだが、こちらのような立派なお店が、間違いを犯しちゃあいけませんぜ」

　善二郎は蛇のような目を孫兵衛に向けた。

「間違いと申しますと？」

「今、ここに駕籠で乗りつけた女がいましたねえ」

「はい。それが何か？」

「何かじゃあねえや。あの女は駆け落ち者なんだぜ」

「何ですって？」

「知らねえで雇ったというなら、まあ、見なかったことにもしましょうがねえ。あっしもちょいと痛え目に遭わされて、腹が立っておりますのさ」

「それなら、お薬代をお渡ししないといけませんねえ」

「まあ、そこんところは旦那の肚ひとつだが」

　話のわかる男だと、善二郎は卑しく頬笑んだ。

「お話の筋はわかりましたが、間違いを犯したのは他所《よそ》のお店ではございませんかねえ」

「覚えはねえってえのかい」

「はい」

「そうかい……」

向こうの一間からは、相変わらず女の声が聞こえている。

「そんなら検めさせてもらうぜ。こいつがそうなんだよう！」

善二郎は帳場へ上がって、次の間の戸をさっと開けた。

そこには、一人の武士の採寸をする女がいて、何ごとかと振り返った。

「やい女！　手前はよくも……」

言いかけて、善二郎は言葉を呑み込んだ。

おゆきと思った女はお竜であった。似た着物を着て初めから駕籠に乗っていたお竜は、一旦、〝とみ〟の裏口で降りて、いかにも中から出てきたような振りをして、再び駕籠に乗ったのだ。

「手前共の仕立を任せております人でございます」

孫兵衛に言われて、善二郎はすっかり取り乱し、

「そ、そうかい。この話はまた今度にさせておくんなせい。おやかましゅうございました」

自分を睨んでいる武士がただ者ではない様子なので、頭を下げて、逃げ出さんとしたが、井出勝之助に立ち塞がれ、足が止まったところを、

「待て」

と、件の武士に呼び止められた。

「お前は、北町の御用を聞いていると言ったな。御用聞き、目明かしといった者の中には、徒らにお上の御用をちらつかせて、強請《ゆすり》たかりをする悪人がいると聞いたが、どうやらそれは真であったようじゃな」

武士はしかつめらしい顔で言った。

「だ、旦那、どこのお方かは知らねえが、そいつは言いがかりってもんでさあ」

「どこのお方？　ふッ、近くにいたとて知らぬであろうのう。おれは北町奉行所の内与力《うちよりき》・能勢四郎兵衛《のせしろうべえ》……。かわらけの善二郎とやら、このままですむと思うなよ」

「へ、へへ――」

善二郎は再び土間へ下りて、身を縮めたのである。

㈩

能勢四郎兵衛は、北町奉行・榊原主計頭《さかきばらかずえのかみ》の家臣で、主計頭の奉行就任に伴い内与力となった。

実直で不正を嫌う硬骨漢で、〝鶴屋〟には時折、着物を仕立にきていた。

主計頭は正義の士であり、予々《かねがね》、同心が手先として使っている者の不正を憂えていた。

「真にそのような者がいるのか？」

四郎兵衛は主《しゅう》の意を受け、鶴屋孫兵衛には以前から世間話の中で問うていた。

そこで孫兵衛は、

「どのように店を強請るか、一度お目にかけましょう」

と、持ちかけたのだ。

もちろんこれは、文左衛門の智恵で、文左衛門は、主計頭とも面識があった。

かわらけの善二郎と乾分の文六は、何件もの強請が発覚して牢へ放り込まれた。

まず島送りは免れまいが、十手を振りかざしていた者が牢へ入れられると囚人達の迫害に遭う。島へ行くまで命があるかどうか知れたものではない。いずれにせよ、善二郎がこの先、寛助とおゆきが添い遂げるかどうか知る術さえなかった。

その若き夫婦は、権三の手はず通り、相州平塚へ旅発った。

二人は駆け落ち者であるが、

「引き受けるところがあるならば」

との恩情を受け、江戸を出るのなら捨て置くとされた。

おゆきの境遇を知れば、内与力・能勢四郎兵衛も目頭を押さえずにはいられず、

黙って行かせてやったのだ。

善二郎を使っていた同心は閑職に追いやられ、江戸の町も少しは風通しがよく

なりそうだと、文左衛門はお竜の労《ねぎら》いつつ言った。

「こんなまどろこしいことをせずとも、お竜さんと井出先生にお願いして、始末

してもよかったのでしょうが、お上の御用を振りかざして悪事を働く者は、お上

によって裁かれるのが何よりだと思いましてね」

文左衛門は、お竜と並び立ち、芝口の通りの辻で寛助とおゆきを見送る入れ墨

者達を眺めながら語っていた。

「あたしも楽しゅうございました」

「お竜さんにそう言ってもらえるとありがたいが、内与力の旦那を引っ張り出したのは、いささか不粋でしたな」

「表も裏も使い分けられるのが、ご隠居の凄みでございますよ」

お竜は晴れ晴れとした表情を浮かべた。寛助とおゆきは、涙ながらに権三、仁兵衛、音次郎、熊吉、亀太郎に名残を惜しむ。

不幸な境遇に生まれたが、恋が二人を幸せにする。

今にも落ちてしまいそうな恋の蕾《つぼみ》を守り、花を咲かせることで幸せを得られることもある。

「正しく、あの五人は今、花を咲かせる幸せを味わっているのでしょうねえ。わたしにはわかります。わたしがそうでしたから……」

文左衛門は楽しそうに告げた。

権三という厄介者を恋ゆえにあえて一膳飯屋に迎えたお富と、その想いに応えた権三――。

文左衛門はその蕾を守るうちに、〝地獄への案内人〟の元締になることを思いついたのであろう。

お竜は苛め抜かれて生きてきた、同じ境遇の弱い者達のための復讐の戦いに身を投じた。だが、あの五人の入れ墨者の境地に達すれば、殺伐とした心の内に花も咲こう。

お竜もまた楽しみが出来た。

もう何度言ったかわからぬほど口にした、

「どうして見ず知らずのわたし達にそこまでしてくださるのです」

という言葉を繰り返し、やがて、おゆきは寛助に守られて旅発った。芝口の通りを南へ行けば自ずと東海道だ。

「おれ達はやったな」

弾む権三の言葉にしっかりと頷く四人――。

「とはいえ、あの五人は、いささか危なっかしい。何かの折にはお竜さん、ちょいと助《す》けてやってください」

頼む文左衛門の声もまた、秋さぶ風に吹かれて弾んでいた。

四、守り神

(一)

赤坂三分坂《さんぷんざか》は夕闇に包まれていた。

延々と続く武家屋敷の塀と、寺の塀に挟まれた道は、深まる秋の肌寒さと相俟《あいま》って、真に心悲《うらがな》しい。

「けッ、ついてねえや……」

ここから円通寺坂の方へ抜けんとする男が舌打ちをした。

広袖《ひろそで》、下馬《したうま》に三尺帯。見るからに堅気ではないこの男は、氷川明神社裏の旗本屋敷の中間部屋で手慰みをしての帰りであった。

このところ負けがこんで苛々《いらいら》としているらしい。

「おい、そこの無宿者……」

人気《ひとけ》のない辻で呼び止める者があった。

「何だと……」

いきなり無宿者と呼ばれて、元より機嫌の悪い男は気色《けしき》ばんだが、声の主は武士であった。

微行《びこう》姿であるが、羽織に袴《はかま》を着し、それなりの身分の者と窺える。よく見ると腰に大小をたばさみながら、左手には一振りの打刀《うちがたな》を携えていた。

火付盗賊改方《ひつけとうぞくあらためかた》の見廻りかもしれない。

「旦那……、あっしは先を急ぎますので……」

男はやり過ごそうとしたが、

「待てと申すに」

武士は行く手を塞いだ。

「聞くところによると、お前は以前、剣術を習っていたようだな」

「ヘッ……。いってえ何のことやら……」

「それを売りにして、悪所で用心棒などをしているとか」

「勘弁してくだせえ」

「無宿者の分際で剣術の名を汚しよって」

武士は吐き捨てた。男の顔が引きつった。

武士の言うことは間違っていない。誰かは知らぬが、取るに足らぬやくざ者を調べあげて、何をしたいのであろうか。

不気味になって、男は踵《きびす》を返して駆け出した。

しかし、もうひとつの影が立ち塞がった。

これもまた武士で、腰の刀に手をかけている。こちらの方は革袴に袖無し羽織。いかにも屈強なる剣客の風情。

寄らば斬るとの物腰である。

「あっしを斬るってえんですかい？」

男は悲鳴をあげた。

「そう恐れることもあるまい。こういう時のために、お前は剣術を修めたのであろう。これで身を守るがよい」

微行姿の武士は携えていた打刀を男の前へ投げた。

そして、呆然とする男に、

「刀を取れ、これからは剣術を修めた者同士の果し合いと参ろう。手出しはさせぬ。お前が勝てばこの果し状を役人に見せればよい」

武士は言い放ってさらに書状を投げ与えた。

剣の上での果し合いなら、自分を斬ったとて納得尽くのことだと言いたいのであろうが、あまりにも無茶苦茶な話である。

おれは合法的にお前を斬ると、宣言しているようなものではないか。

「どうした、お前とて修羅場を潜ってきたのであろう。さあ、刀を取れ」

武士は抜刀して、じりじりと迫ってきた。

背後には逃がさぬと身構える剣客風。

男は恐怖のあまり刀を手にした。

だんびらを振り回して、命がけの喧嘩をしたこともある身であった。武士の言った通り、若い頃に近所に住む浪人から、念流を学んだことがあるのが自慢であった。

しかし今は斬り合うつもりなどない。刀を振り回して何とかこの場から逃げようと考えていた。

「それでよい。参る……!」

武士は刀を手にした男を満足そうに見て、ぐっと間合を詰めた。

男は遂に刀を抜いて青眼に構えた。

た。


「うむ、悪うはない」

武士はさらに踏み込んで、男が構えた刀を下から撥ね上げた。

強い一撃に男の手許が浮いた。そこへ武士はさらに振り上げた刀を叩きつけた。

その勢いに、男は思わず刀を取り落し、同時に武士の刀が男を袈裟に斬ってい
た。

男は為す術もなくその場に倒れ、道を赤く血に染めていた。

「殿様、お見事でございます」

すると、剣客風の陰から小男の中間風が駆けてきて、武士が投げ与えた果し状を拾いあげた。

その時には、もう武士も剣客風も歩き出していた。

「先生、どうであったかのう」

殿様と呼ばれた武士は三十過ぎ。剣術に励んできたのであろう、中背ながら体はしっかりと引き締まっていて、彼をさらに大きく見せていた。問われた先生とやらは三十五、六。偉丈夫《いじょうふ》の豪傑で、

「手首の返しがしなやかで、ますますようござりますぞ」

と、目を細めた。

「殿様は、天下無双にございます」

追いついた三十絡みの中間風はすかさず追従《ついしょう》をした。

「ふッ、やはり真剣勝負は気合が入るのう」

殿様は平然として言ったが、人を斬った精神の昂揚が表情に出ている。

三人は無宿者の男には一顧だにしない。

刀を残してきたゆえ、男は何者かと斬り合った上で死んだとされるのであろうか。

どうせ無宿のやくざ者である。

道端で斬り死にをしたとて、町からごみがひとつ消えるだけだ。

夜に塗り潰されんとする道を行く三人の後ろ姿からは、そのような声が聞こえていた。

(二)

「そやけど、世の中というものは皮肉やなあ」

井出《いで》勝之助《かつのすけ》がしみじみと言った。

かわらけの善二郎《ぜんじろう》の一件が片付いて、文左衛門《ぶんざえもん》がお竜《りゅう》と勝之助を慰労する宴を、江戸橋の船宿〝ゆあさ〟で開いていた。

この一件ではほとんど出番がなく、いささかつまらなそうにしていた勝之助であったが、油屋の宇兵衛《うへえ》といい、一膳飯屋の権三《ごんぞう》達といい、まっとうに暮らしていながらも、なかなか過去に犯した罪から逃げられぬ姿を見ると、考えさせられたようだ。

「若い時の放蕩が肥やしになって、立派になる人もいるというのに、たまさか悪ふざけが過ぎて罪に問われ苦しみ続ける人もいる。そう考えると、この井出勝之助、実に運がよかったといえる……」

「さて、運がよかったかどうか……」

文左衛門は苦笑した。

「〝地獄への案内人〟など、物好きな隠居にさせられるはめに陥ったのですからな」

それはお竜とて同じことだと、文左衛門は二人に労《いたわ》りの目を向けた。

「とんでもないことでございますよ」

お竜は首を振ってみせた。勝之助がこれに倣《なら》う。

悪党共を地獄へ連れていくのは骨の折れる仕事であるし、人を殺すと心が痛む。だが、悪を滅ぼすことで、この先幸せになる人の笑顔を見ていると、それ以上に心が洗われる。

かつて自分が犯した罪が、消えていくような気がするのだ。

お竜も勝之助も、常々その想いは文左衛門に伝えているので、もはや言わずもがなの問答であった。

「とは申しましても、この先、滅法強い相手に当る時も出てきましょう。もちろんお二人の腕は信じていますが、こういう仕事は何が起こるかわかりませんので、お二人を巻き込むことに、胸が痛みます」

文左衛門の言葉には、お竜と勝之助が好きで堪《たま》らぬのだという温かさが籠っている。

「これがあたしにとっての、まっとうな生き方だと思っております」

お竜は力強く応えると、文左衛門に笑顔を向けた。

「仕立屋、ええこと言うやないか。それはわしも同じ想いや。ご隠居、何か気になることでも出てきましたかな」

勝之助が問うた。

文左衛門はこっくりと頷いて、

「今日は、ただお二人の労をお慰めする会にしようと思っておりましたが、やはり申し上げた方がよろしいようで」

「それが、いらぬお気遣いでござる。まずお話しくだされい」

という勝之助の横で、お竜の目もまた、きらりと光った。

「捕えられた目明かしの善二郎が妙なことを言っていたそうです」

「妙なこと……？」

お竜と勝之助は小首を傾げた。

「あの男は、世の中に埋れている、入れ墨者や無宿者を見つけ出して、それを金にしていたわけですが、奴を陰でけしかけていた者がいるらしいのです」

善二郎は強請《ゆすり》の罪で、奉行所の取り調べを受けているのだが、誰が無宿者で、誰の腕に入れ墨が刻まれているかという情報を、金で売っていたと調べに応えているらしい。

「そんなものを金で買う者が？」

お竜は眉をひそめた。

「いったいそれを知ってどうなるのだと？」

勝之助にも想像がつかない。

「さて、そこがよくわからないのですが、三十絡みの男から、一人につき二分をもらっていたとか……」

人の過去を暴く者に近寄り、その情報を二分で買い取る者がいる——。

善二郎にとってはありがたかったであろう。

買い取っていた者の素姓は確《しか》としないが、武家奉公人であったらしい。

「わたしは身分あるお方にお仕えしているのですがね。そのお方が、近頃はどこに無宿者が潜んでいるかしれぬ、真に気味が悪いと仰せでしてね」

どこの誰がそうだとわかれば、もう少し毎日が住み易くなるのではないかと、その〝身分あるお方〟は常々言っているというのだ。

善二郎は、それがいったい誰なのか気になったが、わざわざ訊ねるまではしなかった。

時折、その男がいるという酒場に顔を出し、金と引き換えに情報を流せばよかったのである。

町に潜む無宿者を洗い出すのに、わざわざ報奨をつけてくれるのだ。何も言うことはない。

奉行所としては、その〝身分あるお方〟が誰か、深く問う必要もなかった。

だがその報奨が、善二郎に悪心を起こさせるきっかけになったともいえる。

北町奉行所の内与力・能勢《のせ》四郎兵衛《しろうべえ》は、ひとまずそのことを、鶴屋《つるや》孫兵衛《まごべえ》を通じて報《しら》せてきたのであった。

「それがどうも気にかかりましてね」

文左衛門は低い声で言った。

お竜と勝之助は、文左衛門が気にかかるという意味合いがよくわかった。

無宿人達をいたぶっていた善二郎が町から消えたとて、善二郎からその情報を仕入れていた者がいるというのは何とも不気味だ。

江戸に潜む無宿者が、やたらと引っ立てられていたのは、善二郎の仕業と知れたが、入れ墨者が何人も斬られて死んでいるというのは何故なのか。

どこにも行き場がなく、悪所で息を潜めて犯罪に手を染めている無宿者が、仲間同士で争い、殺し合ったとて何も不思議ではない。

おおよそ、その類いであろうと打ち捨てられているが、善二郎から情報を仕入れていたという者が、それらの一件に絡んでいるのではないかという疑いが出てくる。

世の中には、罪を犯した者が市井に潜んでいることに嫌悪を覚える者も少なくない。

その中の過激な連中が、

「生きている意義のない者など、いっそ殺してしまえばよいのだ」

などと言って、粛清を始めたとしたら――。

となれば、一膳飯屋〝とみ〟の主・権三とその仲間達の身に降り注ぐ危険は、善二郎が町から消えても尚残っているわけである。

文左衛門はそれが気にかかっているのだ。

そして、もしもこのところの無宿者達の死が、仲間内の争いではなく、粛清によるものであったとすれば、

「これは侮れない相手となります」

文左衛門はそのように捉えている。

このような得体の知れぬ者を、地獄へ案内するのは容易《たやす》くない。

お気に入りのお竜と井出勝之助を危険に晒すのは、必定である。

文左衛門はそのような葛藤を、心の中に生じている――。

お竜と勝之助にはそれがよくわかるのであった。

「ご隠居。相手が誰であろうが、きっとお申しつけくださいまし」

「いかにも。巻き込むなどと気遣いは御無用に」

お竜と勝之助は、〝地獄への案内人〟になった瞬間から、命は文左衛門に預けている。

「人の弱みを探って暴き立て、世の中からつまはじきにする。本人はそうして悦に入っているのかもしれませんが、あたしはそんな奴は許せません。まず一通り調べてみて、きっちりとけりをつけてやりましょう」

傍らで勝之助が相槌を打った。

「ははは、こんな弱気の甘口では、〝案内人〟の元締など務まりませんな」

文左衛門は、非情になりきれぬ自分を笑いながら、

「お二人を労《ねぎら》う場が、新たな頼みの場となってしまいましたが、今の話を呑み込んだ上で、動いていただきたいと思っています」

二人の前に、二両ずつ置いた。

勝之助は金子《きんす》を押し戴いて懐にしまうと、

「話はようわかりましたので、この先は楽しゅう飲むといたしましょう」

いつもの人を食ったような表情となり、あれこれおもしろい話を始め、大いに

場を盛り上げたのであった。

その日から、お竜と勝之助は表の仕事の合間を縫って、無宿者の情報を収集していたという件《くだん》の男の正体を見極めんとした。

だが、そもそも善二郎の供述は曖昧で、はっきりとした人物像が見えてこないので、

「己が罪を軽くせんとする言い逃れかもしれない」

とされている。

お竜も勝之助も調べようがなく、一膳飯屋〝とみ〟に顔を出して様子を窺うくらいしか動きようがなかった。

権三と仁兵衛《にへえ》は、寛助《かんすけ》とおゆきを逃がしてからは日々上機嫌で、髪結いの音次郎《おとじろう》、車力の熊吉《くまきち》、ちんこ切りの亀太郎《かめたろう》といった仲間達にも屈託はなく平和そのものであった。

このところ斬り死にしているのが見つかった無宿者というのは、皆一様に悪事に手を染めて、殺伐とした日々を送っている破落戸《ごろつき》ばかりであった。

それから見ると、生業を持ちまっとうに生きている権三達は〝粛清〟の対象外なのかもしれない。

「もうおれは、いつ死んだっていいぜ」

仁兵衛の口癖は絶好調で、お竜はひとまずはほっとしていた。

とはいえ、やくざ者となった無宿の連中にしても、手を差し伸べてくれる人もなく、世間からはつまはじきにされ、よんどころ無く悪の道に足を踏み入れたというのがほとんどである。

それを虫けらのように殺してよいはずがない。

そして、平和であった権三の周囲に、思わぬ形で魔の手が忍びよろうとしていたのであった。

㈢

麻布の南部坂をゆったりとした足取りで行く三人組の姿があった。

先頭を行くのは、身分ありそうな微行姿の武士。他の二人は偉丈夫の剣客風、さらに武家奉公人。

過日、剣術を習ったことがあるというやくざ者に刀を渡し、真剣勝負の末に斬り捨てた武士とその一党である。

「殿様、本日はまた随分とお早いお出ましにございますねえ」

追従を言うにしても、中間の分際では出過ぎているものの、

「鈴平《すずへい》、黙っていろ」

「へへぇッ！」

「日が暮れてからばかりではつまらぬわ」

「ごもっともでございます」

このように殿様から声をかけてもらいつつ、微行の供をしているのだ。なかなかに気に入られていると見える。

この殿様は、交代寄合三千石の主・円城輝之介《えんじょうてるのすけ》という。

幼少の折から武芸を好み、誰よりも強くなりたいと願うようになった。

だが、強くなりたいという想いは稽古熱心となって顕《あらわ》れたが、父の急死で早くから殿様になったゆえか、やたらと我を張ろうとして、稽古相手にも容赦がない。

それゆえ剣術指南役が定着せず、武芸の成長が歪《ゆが》んでしまった。

そのうちに、一刀流の遣い手に秋元麻之丞《あきもとあさのじよう》という浪人がいるとの噂を聞き及び、これを召した。

麻之丞は型稽古を好まず仕合を望み、木太刀や袋竹刀で何度も相手に怪我を負

わせ果し合いで人を斬ったこともあったゆえ、孤高の道を歩まねばならなくなった。

そういう危険な剣風は時代にそぐわないからだ。

しかし、中にはそれこそが剣の神髄だと信奉する者もいて、方々の剣術道場や大名、旗本家に食客として迎えられ、糊口を凌いできた。

それでも、

「人を斬ってこそ武士である」

という麻之丞の信条は、とどのつまりどこにおいても受け容れられなかったのである。

「いや、それこそ余が求める剣の道よ」

輝之介は、そんな麻之丞を気に入って、指南役として召し抱えた。

危険であるという理由で、世間から疎《うと》んじられはしたが、輝之介の目から見て、秋元麻之丞の剣技はすぐれている。

自分の剣を認めてくれた若き殿様に、麻之丞は自分の剣を余すところなく伝えんとした。

以後、輝之介の剣は上達したが、彼は自分の剣がそれほどの高みに達していないことを悟っていた。

我を張るあまり正統な稽古が出来ておらず、さらなる上達が止まってしまっていたのである。

三千石の殿様である。

歳も三十を過ぎた今、改めて剣の修行などしていられない。

――それなら余は、誰よりも真剣勝負を制する武士でありたい。

と思うようになっていった。

「さりながら真剣勝負は命がけでござりまするぞ。殿にもしものことがあれば、御家は断絶の憂き目を見ましょう」

麻之丞はこれを諫めた。人を斬るのが道楽のような男だが、その辺りの分別はある。

円城家に指南役として仕えることが出来たが、これは自分にとって幸甚の至りで、輝之介を指南する以上に、殿の身を守らねばならぬという意思が生まれていたのだ。

円城家の家臣達も、輝之介には男子が一人いるが、齢《よわい》十歳で病弱であったので、主君の剣術好きには頭を痛めていた。

正妻は三年前に病没していたが、

「武士たるものは、いつ死すとも悔いなきようにしておかねばならぬ」

輝之介はそう言って、後妻を置こうとはしなかった。

病弱の嫡男が、元服するまでは達者でいてもらわねばならない。

間違っても真剣勝負をするなどと言い出されては困るのだ。

「秋元先生、そこはどうぞよしなに願いまする」

老臣達は麻之丞に、輝之介の剣への想いを充たしてやりつつ、彼の身の安全を確かなものにしてもらうようにと懇願した。

輝之介は、麻之丞を師と敬っているゆえ、御家の危機の回避は、この剣客に託されたのだ。

麻之丞としては気分がよかった。

これまでは異端の剣士として人に認められることがなかった身が、三千石の命運を握る男となったのであるから、あらゆる欲が出てきたのである。

ならばまず、勝てる相手と斬り合えばよいのだ——。

麻之丞は、日頃から小廻りの用が利く、中間の鈴平を飼い慣らしていた。

そこで、こ奴に江戸の町に潜んでいる無宿者を探させて、その立廻り先を当らせた。

無宿者に刀を渡し、無理矢理に果し合いを迫るのだ。

もし、輝之介の身に危機が訪れたら、その時は麻之丞が助太刀すればよかろう。

相手と斬り合ったとなれば、これは辻斬りの類いではない。立派な果し合いではないか。

斬ったところで、無宿者であればそのまま捨て置いても大事あるまい。

微行で外出をして、人知れず勝負をして腕を磨くのだ。

その場を何者かに見られたとしても、相手が刀さえ持っていれば、殿様に刃を向けた物盗りを成敗したのだと言えよう。

「先生は大したお人でございますねえ。江戸に溢れている無宿者には、お上も頭を抱えてるってえことですからねえ。そいつは何よりでさあ」

鈴平は、麻之丞を持ち上げた。

自分が力を発揮出来る場が新たに与えられるのは、これほどありがたいことはない。

ここで気に入られたら、自分が胴元となって中間部屋で博奕《ばくち》が出来る。下々の者にもそれなりの利権が転がっているのだ。

鈴平は市井に通じていて、処《ところ》の御用聞きや、やくざ者にまで顔が利く。無宿者探索にかけては右に出る者がないという、かわらけの善二郎の噂は以前から聞き及んでいた。

無宿者の中でも腕が立ち、悪所に生きる者一人につき二分出すと言われたら、善二郎は詳しく調べるに違いない。

鈴平は、円城家の名は一切明かさず、謎の男として善二郎に接したが、一人につき二分という金は効を奏した。

果して善二郎は無宿者達の日頃の動きまで添えて、鈴平に情報を売ったのだ。

輝之介は、麻之丞の意見を取り入れ、無宿者達を追い詰め果し合いに持ち込んだ。

初めは青山久保町の破落戸が相手であった。

腕っ節の強さで盛り場の用心棒などをしていた無宿者であったが、刀を渡して勝負を無理強いして果し合いに及んだところ、相手は呆気なく倒れた。

輝之介は虚脱に襲われたが、それがえも言われぬ快感に転じて、以後病み付きとなった。

輝之介は、麻之丞の指南には大いに満足したし、無宿者の情報を仕入れてくるという、中間の鈴平を傍近くに置いた。

しかし、相手は弱くこれでは辻斬りをしているのと同じではないかと、次第に物足りなさを覚えるようになった。

輝之介にとっては、真剣勝負の果し合いでなくてはならない。殺戮《さつりく》をしているわけではないのだ。

「それならば……」

と、麻之丞は難度を上げ、二人を相手に立廻るなどの工夫を凝らしたりしたので、輝之介の剣も自ずと上達していた。

だが、道楽は凝り出すと際限がなくなっていくものだ。

いつしか、輝之介は、

「世の中の闇に蠢《うごめ》く忌わしき者共を、余が成敗してやるのだ」

そのような大義名分を掲げ、

——堂々たる勝負をして、余の強さを世間の者共に思い知らせてやりたい。

と考えるようになった。

これまでは後の処理が厄介なので、辻斬りまがいの殺人をしてきたが、そろそろその成果を世に問うてもよかろう。

そういうわけで相手に選んだのは、近田某《ちかだなにがし》という浪人の無宿者であった。

近田はかつて剣術に励んだものの、町場で喧嘩沙汰を起こして追放刑となった。

だが、田舎での慣れぬ暮らしに嫌けがさしてきて、密かに江戸へ戻り、やくざ者の賭場に潜り込んで用心棒をしていた。

それが、今日の昼下がりに南部坂に姿を見せるであろうとの情報を、鈴平が仕入れてきた。

「そ奴ならば立合の仕甲斐もあろう」

輝之介は真剣勝負にすっかりと自信をつけていて、近田を相手に選んだのだ。

——困ったことになった。

麻之丞は内心困惑した。

輝之介の気持ちはわからぬではない。浪人は無宿者である。剣豪の旗本が悪を退治たことになれば剣名も響き渡ろう。

己が修練の成果を世に認めさせたくなるのは、剣士としては当り前の想いなのだ。

だがあまりにも危ない勝負であった。

やくざ者相手とは違う、腕ひとつで裏社会に生きる浪人が、死にもの狂いとなれば、輝之介が勝てる保証はない。

人目を気にする勝負では、輝之介劣勢と見て麻之丞がすぐに加勢するというのも、評判に関わる。

しかし、輝之介は意気に燃えていて、もはや諫めも出来ぬところへきていた。

そして麻之丞も、愛弟子・円城輝之介が、自分仕込みの殺人剣をいかに遣うかを見るのが楽しみになってきていた。

己が保身よりも、輝之介を通じて人を斬ることに、この狂気の剣客も次第に快感を覚えるようになってきたのだ。

かくして人斬り師弟は、折助一人を供にして、南部坂へ〝人間狩り〟にやってきたのである。

「きました。奴が、近田圭蔵《けいぞう》という浪人でございます」

坂下の広場の向こうから、四十絡みの浪人者が歩いてくるのが見えた。

彼こそが近田圭蔵。かつては直心影流《じきしんかげりゅう》剣術を修めたが、喧嘩で道を踏み外した浪人であった。

「よし、参るぞ」

輝之介は自信に充ちた声を放つと坂を下りたが、

「こいつはいけねえや。日頃は一人のはずなんですが、今日は連れがおりますぜ……」

鈴平がしかめっ面をした。

近田には老爺《ろうや》の連れがいた。

老爺は、一膳飯屋〝とみ〟の仁兵衛であった。

㈣

「爺ィが一人いようが、追い払えばよい」

訳知らぬ相手を無法者呼ばわりして、無理矢理果し合いを迫るのだ。傍には誰も寄せつけたくはないが、輝之介は老爺一人のためにことを延ばすつもりはなかった。

仁兵衛は実は、近田の昔馴染《むかしなじみ》であった。

喧嘩っ早い男であったが、近田の喧嘩にはいつも筋が通っていた。硬骨ゆえに怒り、黙っていられなくなるのだ。

仁兵衛はそういう近田が好きであった。

それだけに、盛り場で破落戸相手に大立廻りを演じて所払いに処せられた時は悲しかった。喧嘩は止《や》め時が大事で、折を見てさっと引き上げないとろくなことがないと、予々《かねがね》仁兵衛は言っていたからだ。

その近田が、禁を破って江戸へ舞い戻り、やくざ者の用心棒をしていると知り、仁兵衛はこの数日、麻布谷町《たにまち》へ出かけていた。

ここの荒寺の賭場に、近田が潜んでいたからだ。この日、仁兵衛は近田を連れ出して、氷川明神の門前の茶屋で、彼の話を聞いていたのだ。

「圭さん、お前《めえ》そのうちきっと見つかるよ。博奕場で用心棒などをして、また喧嘩にでもなればただじゃあすまねえよ」

今もここへ来るまでの道中、仁兵衛は近田を戒めていた。

「小父《おじ》さん、おれのことはもう、うっちゃっといておくれな。見つからねえ間に江戸を立ちのいて、どこかで大人しく暮らせば、幸せな暮らしも見つかるかもしれねえ……。そう言うのだろう」

近田は虚《うつ》ろな目で仁兵衛を見た。

「ああ、無宿者だってよう、まっとうに生きようとすりゃあ、思わぬ人の情けに触れることもあるんだ。悪いことは言わねえ。今の暮らしから足を洗うんだ」

「もうどうなってもいいんだよ。おれは小父さんみてえに上手くは暮らせねえよ。一度犯した罪は、何をしてようが、どこへ行こうが消えるものじゃあねえ」

「諦めちゃあいけねえよ」

「いや、諦めた。もう諦めたよ。しがねえ用心棒でも、賭場にいればおれも先生だ。とっくの昔に剣を捨てたおれが……」

とどのつまりは、今の暮らしが何より心地がよいのだと近田は言った。

もはやこの浪人は人生を捨てていた。

しかし、仁兵衛は昔馴染を捨てられない。

自分も生きることを、諦めた時があった。だが、持ちこたえたお蔭で今は幸せに暮らしているのだ。何としても翻意させたかった。

「近田圭蔵だな」

円城輝之介が彼を呼び止めたのは、仁兵衛が近田にさらなる言葉をかけんとしたその時であった。

いきなり大身らしき武士に呼び止められて、近田は応えも出来ず、輝之介をまじまじと見た。

「名乗りとうはないか。無理もない。剣を捨て、やくざ者の用心棒になり果てた無宿者ゆえにのう」

輝之介は挑発を続けた。

近田は何か言おうとしたが、

「お武家様、何かのお間違いでございましょう。ちょいと先を急ぎますので……」

仁兵衛は相手にするなと、近田の袖を引いた。

「爺ィ……。お前は引っ込んでいやがれ。殿様は、近田先生に用がおありなんだよう」

横合から鈴平が口を挟んだ。

「お前はあっちへ行っていろい」

そうして仁兵衛をその場から連れ去ろうとしたのだが、仁兵衛はそれを振りほどいた。

何げない動作であったが、鈴平はたたらを踏んだ。

「ごめんくださいまし……」

仁兵衛は近田を引っ張って立ち去ろうとしたが、その前に麻之丞が立ち塞がった。

「待てと申しておる。逃げるのか……」

鈴平と違って、こちらは一刀流の達人である。仁兵衛をその場に止《とど》まらせるには十分な迫力があった。

輝之介は口許に笑みを浮かべて、

「ふッ、そこな爺《じ》ィ、お前もいささか武芸の心得があるようじゃのう」

仁兵衛を見た。

「とんでもねえことでございやす。どうかお許しのほどを……」

「許すも許さぬもない。余は、直参旗本・円城輝之介。こちらも名乗った上は、応えてもらうぞ」

輝之介は静かに言った。

「いかにも、某《それがし》は近田圭蔵にござりまする」

もはや黙ってはおれぬと観念して、近田は応えた。

「某を捕えると申されますか」

「余は三千石を食《は》む円城家の主。不浄役人のような真似はいたさぬ」

「ならば、某のような身分卑しき者に、何用にござりましょう」

「そなたは、遅かれ早かれ捕えられ、無様な死に様を晒そう。それならばせめて武士として、華々しい最期を遂げさせてやろうと思うてのう」

「と、申されますと……」

「余自らが相手をしてやるゆえ、真剣勝負と参ろうではないか」

「殿様とこれにて真剣勝負を？」

「不浄役人の手にかかるよりよかろう」

「某が勝てば？」

「これは納得尽くの果し合いゆえ、手出しはさせぬ。そのまま立ち去るがよい。これに果し状は持参しておる」

仁兵衛は慌てて、

「お待ちくださりませ。お旗本の殿様が、後先も考えずに、命がけの勝負などされるものではございません。どうか見逃してやってくださりませ」

何とかとりなそうとしたが、

「ならぬ。斬ると申しておるのではない。武士の一分《いちぶん》を立てて立合ってやろうと申しておる。相手に不足はあるまい」

輝之介は許そうとはしなかった。

仁兵衛はその意図を悟った。

無宿者ならば斬り捨てたとてよかろうと、この旗本は近田圭蔵を、狩りの標的にしたのだ。

傍らには屈強の剣客が控えている。真剣勝負と言いつつ危うくなれば、この武士が助太刀するのであろう。

無様でも何でもいい、とにかく逃げねばなるまい。

仁兵衛は焦ったが、

「お相手仕《つかまつ》ろう」

近田は静かに応えた。

「圭さん……」

仁兵衛は止めようとしたが、

「もういいのだよ。確かに殿様の言う通りだ。どうせおれはろくな死に方はしない。どうせなら刀を抜いて斬り合って死にたい」

近田はもう諦めの境地に入っていた。

「よくぞ申した。互いの術を出し切って戦おうではないか」

輝之介はニヤリと笑うと、その場で羽織を脱いで鈴平に手渡し、素早く刀の下げ緒で襷十字《たすきじゅうじ》にあやなした。

「圭さん、そいつはいけねえや」

仁兵衛は止めたが、近田は着流しの裾を割ると、さっと輝之介の前へ出て抜刀した。

もう後には退かぬという、武士の一分をここに示したのだ。

「抜いたな。それでよし」

輝之介は喜んで、

「よし！　相手をしてやろう！」

自らも抜刀した。

相手をしてやろうでもない。自らが望んだのだ。しかし、こう発すれば世間の者は、不良浪人が身分ある武士に勝負を挑んだのだと思うであろう。

実際、二人が抜刀したのを皮切りに、

「お侍の斬り合いだ！」

と、人が集まってきた。

仁兵衛はたじろいだ。近田は何かに取り憑かれたかのように斬り死にを望んでいる。

「えいッ！」

近田は前へ出て、脇構えに間合を隠し、下からすくい上げるように斬った。

しかし、人を斬る間合においては、輝之介の実戦での経験が上回っている。

これを難なくかわし、切っ先を近田の喉元に向けて、ぐいぐいと間を詰めた。

麻之丞はほくそ笑んだ。

近田が死にもの狂いでくるかと思えばそうでもなく、死にたい気持ちが勝っているのが透けて見えたからだ。

さらに、輝之介の剣は人の生き血を吸って、ますます冴え渡っている。

「うむッ……」

近田は牽制の一刀を横に薙《な》いだが、輝之介はそれを難なく払い前へ出た。

「お止めください！」

そこへ捨て身の仁兵衛が割って入った。

輝之介は次の一刀を待つ余裕があったが、勝負の間を乱す仁兵衛に苛立った。

「ええイッ！」

勢いが余ったと見せて仁兵衛を斬り、その衝撃に動きが止まった近田を、返す刀で突き刺した。

「圭さん……」

仁兵衛はその場に倒れた。

近田は、仁兵衛に声をかけられぬまま、輝之介の刀が胴から離れた刹那、息絶えた。

「無宿者の浪人が狼藉《ろうぜき》を働いたゆえ、直参旗本・円城輝之介が成敗いたした」

輝之介は駆け付けた辻番の番士に告げると、

「この老人は、こ奴の知り人であったようじゃ。加勢したかと思い斬ったが、殊勝なる心がけの者ではある。まだ息があるゆえ、駕籠を呼び、まず医者に見せてやるがよい」

番士に二両を渡して悠然と立ち去った。

見物人達は輝之介に喝采した。

不良浪人を退治して、その仲間の老人には慈悲を与える。

「何と強くておやさしい殿様だろう」

遠目に見ていた者達は口々に誉めそやしたのである。

遠ざかる意識の中で、仁兵衛にはそれが悔しくてならなかった。

(五)

一膳飯屋〝とみ〟は悲嘆に包まれた。

辻番が駕籠を呼び、近くの医者に処置をしてもらった上で運び込まれた仁兵衛であったが、その時には既に虫の息であった。

権三の指図で、音次郎、熊吉、亀太郎が方々に走り、お竜は文左衛門と共に〝とみ〟に向かった。

井出勝之助は〝案内人〟が一所に集まることを控え、待機したが、その場にいればさぞや憤慨したであろう。

運ばれるまでに、仁兵衛の腕の入れ墨が明らかになり、不良浪人の仲間と目されたものの、

「我が君様の格別のおはからいで、何も詮索はいたさぬようにとのことだ。ありがたく思えよ」

折助の鈴平が仁兵衛を乗せた駕籠に同道して、そのように言い置くとすぐに立ち去った。

権三は怒りを堪えて、鈴平を見送った。

このところ、仁兵衛の昔馴染である近田圭蔵が、密かに江戸に戻っていると知り、近田を諭しに行っていることはわかっていた。

何か起こらねばよいがと胸騒ぎがしていたのだが、まさかこのようなことになるとは思ってもみなかった。

もう一刻ももつまい――。

権三はそのように判断して、ここぞというところへ遣いを送ったのだ。

仁兵衛は、件の斬り合いの一部始終を告げた。それを伝えるために、己が命をつないだと言える。

「だからよう。悪いのは円城達だ……。真剣勝負だ、果し合いだと言いながら、斬った後に、狼藉者を成敗したとぬかしやがった……。武士の風上にも置けねえや……。それにしても下手に止めに入ったのはのろまなことだったぜ。おれが入ったから、圭さんは……、剣の間合が狂っちまったんだ……。へへへ、すまねえことをした……。権さん、ご隠居、皆ありがとうございました。おれは幸せだったよ。死んだからって悲しまねえでくんな……」

ぽつりぽつりとこれだけのことを言い遺すと、眠るように息を引き取ったのだ。

一同が悲しみにくれたのは言うまでもない。

そのまま通夜が営まれたが、文左衛門、お竜、音次郎、熊吉、亀太郎だけになると、権三が意外な真実を打ち明けた。

「遠い昔の話だが……、おれと、仁兵衛の父つぁんは、剣術道場でやっとうを習っていたことがあったんだ」

皆一様に驚いた。

音次郎、熊吉、亀太郎は、何《いず》れも物心がついた頃には親もなく、他人の家で日日小突かれながら暮らしていた。

そこから逃げ出し、転がり込んだところがやくざな道で、喧嘩やかっ払い、博奕場への出入りを繰り返し、無宿となってしまったのだが、

「おれも仁兵衛の父つぁんも同じようなものよ」

権三はそう言っていたからだ。

「話すほどのことでもねえと思っていたから言わなかったが、おれも父つぁんも、浪人の子に生まれて、貧乏暮らしの中で剣術を習って身を立てようと思ったのさ。だが、ろくに謝礼も払えねえおれは、自棄《やけ》になって喧嘩ばかりしていたんだ。それを、あの父つぁんがいつも助けてくれてなあ」

そのうち権三は武士を捨てて魚屋になった。まだ十八の頃で、大喧嘩した相手が魚屋で、暴れっぷりが好いと気に入られたのだ。

「仁兵衛の父つぁんは喜んでくれたよ。武士に見切りをつけたのは好い分別だとなあ」

それから仁兵衛は、千住の酒場の用心棒を辞めて旅に出てしまった。

権三はその間に、棒手振りの魚屋として、方便《たつき》が立つようになり、深川芸者のお富《とみ》と恋仲になり、幸せを摑むかと思いきや、博奕好きが災いして、賭場で大暴れして島送りとなった。

幸い赦免となり再び江戸の地を踏み、お富に迎え入れられ、周囲の人にも恵まれて生きてこられたが、恋女房を思いもかけぬ若さで失った。

ふさぎ込んでいたところに、ひょっこりと現れたのが仁兵衛であった。

仁兵衛は旅に出てからは、権三にあやかり武士を捨てた。

だが、既に初老の仁兵衛は、渡世人になるしか生きる術がなかった。

元武士の教養と、剣の腕でやくざ者からは慕われたが、やくざ同士の喧嘩に巻き込まれ、敲《たた》きの上に入れ墨者となってしまう。

もっとも、敲きは持ち前の人懐っこさと愛敬が受け、かなり手心を加えてもらったそうな。

思いもかけず、同じ境遇となった権三と仁兵衛は、この再会を喜び、権三はお富なき後の〝とみ〟に仁兵衛を迎えた。

そして、一度罪を犯した者が、自棄にならずにやり直せるよう、二人でそっと他人の世話を焼き始めたのだ。

その頃には、隠居の文左衛門が店の贔屓になっていて、権三と仁兵衛に肩入れをしてくれたから、店の評判を耳にして駆け込んできた若い者達が、まっとうに働いて暮らせるようにしてやれた。

音次郎、熊吉、亀太郎がそれである。

「ご隠居、くだらねえ昔話でございましょう。黙っていたことをお察しくださいまし」

一通り語ると、権三は文左衛門に頭を下げた。

「では、近田圭蔵というご浪人は？」

「あっしと父つぁんがまだ武士であった頃の、昔馴染の倅でございますよ」

「そうでしたか……」

「圭さんだけは、剣の道を生きてもらいたかったが、こんなことになっちまって……」

貧困と差別。これが人間を悪の道に進ませ、そこから抜け出せなくする。

お竜は黙って仁兵衛の死を悼んでいたが、このところの無宿者の死の真相がすべて読めてきた。

かわらけの善二郎から情報を仕入れていたのは、円城輝之介の一味で、輝之介は無宿者なら斬ったとて咎められまいと勝負を挑んで辻斬り同様に殺したのだ。

仁兵衛が息を引き取る前に話したところでは、輝之介はしつこく近田に絡み、真剣勝負を迫ったという。

それはきっと、己が強さをひけらかしたくなったからに違いない――。

文左衛門は怒りを抑えながら、

「円城輝之介は、仁兵衛の小父さんの息の根を止めておきたかったことでしょうな」

ぽつりと言った。

見物人の手前、慈悲深いところを見せたが、仁兵衛は輝之介と近田のやり取りを傍で聞いている。

「入れ墨者の老いぼれが何を言おうと、打ち捨てておけばよい」

というところだが、仁兵衛が何を吹聴するか知れたものではない。

ここへ戻してやったものの、命を吹き返したかどうか気になるところであろうというのだ。

すると、文左衛門の読み通り、仁兵衛が亡くなり夜も更けてから、円城家から使者が来た。

剣術指南役の秋元麻之丞であった。

使者としては武骨過ぎるが、権三達仲間が怒りに任せて襲いかかってくるかもしれないと思ったのであろう、腕の立つ麻之丞を様子を見に寄越したのだ。

「殿におかれては、老人の具合をご案じになり、某を遣わされたというわけじゃ」

麻之丞は丁重であった。仁兵衛が亡くなったと知ると、

「それは残念。お悔やみを申す。見舞の金子が、香典になってしもうたわ」

そう言って、三両の金子を置いたものだ。

だが、言葉とは裏腹に、仁兵衛が死んだと聞いた瞬間の安堵の表情を、その場にいた誰もが見逃さなかった。

権三は金子を突き返そうとしたが、文左衛門が目で制した。

今はことを荒立てず、もらえる物はもらっておけばよいのだ。

円城輝之介は、英雄気取りになっていると思われる。ここでも気遣いを見せたことを世間に示しておきたい。麻之丞とて何ごとも起こさずに帰りたいはずだ。

とはいえ、円城家の武門も誇示しておかねばならない。

店の中にいる者達が自分に向けている怨嗟《えんさ》の目を感じると、麻之丞とて威圧しておかねばならなかった。

「亡くなった老人は、身のこなしから見て、武芸の心得があった由《よし》。この中には、腕に覚えがあり、老人の仇を討ちたいと思うている者もいるのかもしれぬのう」

麻之丞は一同を見廻した。

音次郎は堪え切れず、

「そりゃあ、心やすくしていた人が殺されたんでさあ。討てるものならその仇を討ってやりたいと思うのは人情じゃあござんせんか」

と、言った。

「ほう、それは勇ましい。殿におかれては、仇を討ちたい者あらば、いつでも屋敷へ訪ねて参れ、真剣にて相手をしてやろうとの仰せじゃ。旗本屋敷には町方役人は立ち入れぬ。存分に立合い、恨みを晴らせばよいとな。もし討たれたとしても、討った者を恨まぬとも申されておる。助太刀を頼んでもよいぞ。だがその折には、この秋元麻之丞も殿の助太刀をさせてもらうぞ。それにしても、老人も余計なことをしたものじゃのう」

麻之丞は、輝之介の意思を伝えると、すぐに帰っていった。

敵わぬまでもと襲いかかってくる者はおらぬであろうが、そんな奴らを相手にしていては騒ぎになり、せっかく掴んだ名声に傷がつきかねない。それを恐れたのであろう。

「なるほど、旗本屋敷に町方役人は踏み込めねえか……」

権三は仁兵衛の亡骸《なきがら》を見ながら、唸るように言った。

かすかに残る、彼の武士の一分が頭をもたげてきたように、文左衛門の目には映った。

「一時の怒りや憎しみでことに及んではいけませんぞ。下手に動いては奴らの思う壺。人間狩りの獲物になるだけです。本人は豪傑にでもなったつもりなのでしょうが、いつまでもこんな真似ができるはずはありません。お上の目も節穴ではないし、お天道様が許しません。とにかく今は仁兵衛小父さんの喪に服しましょう」

文左衛門に言われると、権三の復讐の念も萎《な》えた。

「父つぁん、おれがまだ剣術の稽古を始めたばかりの頃、なかなか稽古場に馴染めねえおれに、父つぁんはいつも声をかけてくれたなあ。それなのにおれは黙って頷くばかりでよう……。あん時はすまなかったなあ。まだがきだったおれにとっちゃあ、父つぁんは立派でよう、何と応えていいかわからなかったのさ。でも、おれは嬉しかったよ。いつか恩返しをしてえと思っていたよ。だから、父つぁんがこの店を覗いてくれた時は嬉しかったよ。もうおれはいつ死んだっていいや、なんて言ってくれるようになって、ありがたかったよ。父つぁんは、達者なままあっちへ行きたかったのかい？　だから圭さんを守って死のうと思ったのかい？　おれを置いていくとはひでえじゃあねえか……」

権三の嗚咽《おえつ》が一座の者達の涙を誘った。

お竜は湧きあがる怒りが、武芸者としての矜持《きょうじ》として五体に漲《みなぎ》る妙な心地を覚えた。

文左衛門は涙を拭いながら、お竜に神妙な面持ちで頷いてみせた。

これから〝案内人〟として始動するぞという合図であった。

それと共に、今度の地獄への案内は、心してかからねばならないという戒めが、文左衛門の硬い表情に表れていた。

㈥

文左衛門は、お竜と井出勝之助にそれぞれ二十五両の案内料を渡して、旗本・円城輝之介を地獄へ案内してやるべく動き始めた。

まず、近田圭蔵と仁兵衛が斬られた場を見た者に当ってみた。

「円城様というお旗本の殿様は、大したお人らしいねえ」

南部坂周辺の茶屋や風呂屋でこんな風に聞き込みをすると、直に見ていた者、見ていた者から聞いたという者が何人かいて、色々な応えが返ってきた。

不良浪人が微行の殿様に斬りかかり、それを殿様が見事に返り討ちにした。

その時に、止めに入った浪人の連れが巻き込まれて大怪我をしたが、殿様はその連れが老人と見て、後の手当をしてやるよう指図して慈悲深いところを見せた。

おおよそはそのようなところであったが、思いの外に状況をよく見ている者もいた。

浪人者が抜刀して殿様に斬りかかったのは確かであるが、斬り合いに至るまでの様子を見ていると、浪人者に絡んでいたのは殿様の方で、浪人者の連れの老人がとりなして、何とか斬り合いを避けようとしていたというのだ。

仁兵衛を疑うわけではないが、その場に居合わせたわけではないゆえ、文左衛門としては調べて裏を取っておきたかったのだ。

とかく人は噂に流されがちだが、旗本の殿様の横暴をしっかり見届けて、噂を真実に近づける努力をせんとする者もいるのだ。

お竜と井出勝之助は、色々な客からその辺りを聞き出し、仁兵衛が最後の力を振り絞って語った内容とぴたりと一致する話を数人から聞き出した。

さらに、文左衛門の従者・安三《やすぞう》も調べものに加わり、円城家の中間・鈴平が、かわらけの善二郎と何度も会っていたのがわかった。

これで、地獄へ案内する相手は、円城輝之介、秋元麻之丞、鈴平となった。

「そやけど、相手の腕のほどがわからんなあ」

勝之助は思案した。

近田圭蔵を斬ったことで、輝之介の狩りへの想いは落ち着いたか、このところは屋敷を出ようとはしない。

出るとしても、それなりの供連れがいるであろう。忍び歩きはこの先しないかもしれない。

となれば、輝之介を討つのは難しい。

賛否はあれど、〝豪傑の殿様〟として、世に知られるようになってからは、輝之介の行動に世間の目が向けられよう。

その目を抜いて殺すのは並大抵のことではない。しかも、輝之介の剣の腕も侮れないし、麻之丞は相当遣うはずだ。

「仕立屋、どうする？」

「円城屋敷に忍び入って始末するしかないだろうね……」

「やはりそうなるか」

「仇を討ちたいのなら屋敷へこいと、本人も言っていたことだしねえ」

「うむ。屋敷の中で殺してやると、向こうも病死で届けられるから、親切やろなあ」

勝之助とお竜の策はそこへ向かった。輝之介が死ねば、麻之丞も鈴平もお払い箱となるであろう。こ奴ら二人はその時に狙えばよい。

「さて、どうやって忍び込むかやな」

二人は頭を捻った。

お竜と勝之助であれば、夜陰にまぎれて塀を乗り越え、忍び入るくらいの芸当は出来よう。

だが、円城家は三千石の旗本である。士分の家来だけでも十人はいる。さらに中間、小者もいるから、忍び込んでもすぐに見つかる恐れはある。

二人の腕なら切り抜けられるであろうが、輝之介に逃げられては意味がない。ましてや、腕の立つ剣術指南役が、用心棒となって側近くにいるとなれば、安易に忍び込めない。

戦意は昂揚するも、策はまとまらなかった。

勝之助はひとつの賭けに出た。

円城邸へ赴き、

「某は上方から剣術修行に参った立花勝右衛門と申す者にござる。先だっては御当家の円城輝之介様が、狼藉者の浪人を見事に御成敗なされた由、真に感服仕りましてござる。何卒《なにとぞ》一手御指南賜《たまわ》りとうござる……」

と、願い出たのである。

「恐れ多いこととは存ずるが、せめて御指南役・秋元麻之丞先生に御教授いただきますれば幸甚の極み。何卒、お取り次ぎのほどをお願い申し上げる」

重ねて大声で言上《ごんじょう》したので、門番が持てあましたが、麻之丞が何ごとかと出て来た。

　これを聞けば、輝之介も気分がよかろうと、

「某が秋元麻之丞にござる。まず待たれよ」

　そう応えて、大喜びしてみせる勝之助を止めおき、輝之介に取り次いだ。

「ほう、余の武名が鳴り響いたか」

　案に違《たが》わず輝之介は上機嫌となった。

「よし、その者を武芸場へ通せ」

　と、自らが立合おうとしたが、殿様に怪我があってもいけないし、

「ここはこの麻之丞が立合いましょう」

　と申し出た。

　麻之丞も得体の知れぬ浪人者と立合うのは気が引けたが、相手は自分が指南役であると知っている。逃げたと言われては傍ら痛い。

　輝之介もこれを許し、感激の体《てい》の勝之助を武芸場に通し、麻之丞は袋竹刀に素《す》面《めん》、籠手《こて》だけをつけての立合に臨んだ。

　無慈悲な真似は出来ないが、痛めつけておかねば、こういう訪問者に次々にこられると困るのだ。

「ならば、よしなに願いまする」

勝之助は、構えて間合を取り合った。

――秋元麻之丞、できる。

勝之助は内心唸った。二、三度誘いをかけて、構えを崩そうとしたが、麻之丞の手許は浮かず毛筋ほどの乱れもない。

「えいッ！」

勝之助は二度ばかり、小手から面へと打ち込んだが、本気は出さなかった。

小手をすり上げ、面を払うと、麻之丞はぐっと前へ出る。そこで勝之助はとび下がってその場に跪《ひざまず》いた。

「ま、参りました……。聞きしに勝る腕前、某が敵うところではござりませぬ！」

そして平身低頭の体で、逃げるように屋敷を出たのであった。

輝之介も麻之丞も上機嫌であった。

「いやいや立花殿、貴殿の腕もなかなかのものでござったぞ」

麻之丞は、相手を称える余裕をもみせた。

これでまた、円城輝之介の武名は、指南役・秋元麻之丞と共に広まるであろう。

そう思っていたのである。

勝之助は苦悩した。

己が手の内を見せぬようにして、麻之丞と立合ったが、思った以上に麻之丞は手練《てだ》れであった。彼は人を斬る剣術を知っている。

屋敷内の様子を見ることは出来た。輝之介は己が腕に酔っているし、家士達は主君の前に出ぬようにしているのか、厳重な警備をしていないように見えた。

殿様は誰よりも腕が立ち、屋敷内には頼りになる指南役がいるのだ。あまり出張っては、輝之介の剣を信じていないように思われると気遣っているのかもしれない。

いつでも屋敷へ仇討ちにこいとは言ったものの、まさか老いぼれの仲間がやってくるとも思っていまい。

文左衛門が手を廻して、円城邸のおおよその見取り図は描くことは出来ていた。

中奥の庭の塀からであれば、前栽《せんざい》にまぎれてひとまずは潜入できよう。

とはいえ、輝之介がどこを寝所にしているかは不明である。

三千石の屋敷となれば、奥と表に分かれている。輝之介には妻がおらぬゆえ、中奥で寝起きしているのかもしれない。いくら家士達がのんびりしているといっても、忍び入ってから輝之介の寝所を見つけるのは危険であった。

お竜と勝之助はもう一度策を練らねばならなかった。

今は仁兵衛の喪に服してはいるが、権三が輝之介の挑発にのって、円城邸に殴り込みをかけぬとも限らない。

気持ちは焦った。

すると朗報が、安三によってもたらされた。

月に五回ほど、町駕籠が夜に円城邸の勝手門に入っていく様子を見かけるという。

その駕籠を追ってみたところ、深川の妓楼《ぎろう》に辿り着いた。

正妻を亡くした後は、いつ果てるかわからぬ身を気取って、後妻を置かなかった輝之介であったが、その異常なほどの潔癖さゆえに、

「もしかして、男色ではないのか」

とすら思われていた。

だが、本当のところは、妓楼からそっと遊女を呼んで欲情を抑えていたのだ。

吉原に通う旗本もいるが、剣を売りにする輝之介は、そのような遊里に己が姿を晒したくはない。

結局は、女を乗せた駕籠をそっと勝手門から入れて、夜伽《よとぎ》をさせていたのだ。

「仕立屋、これやな」

勝之助はお竜を拝むように見た。

「あい。これしかありませんよ」

お竜は闘志を湧き立たせながら頷いた。

あとは文左衛門に諮って、詳しい段取りをつけるだけであった。

(七)

「まず女を乗せた駕籠を襲い、駕籠舁きと女を縛りあげて、わからぬように隠す。奪った駕籠には、お竜さんが女と入れ替わって乗り、井出先生は駕籠舁きと入れ替わる。あと一人、駕籠舁きがいりますが、それは腕利き一人を〝駕籠政〟から呼ぶことにします。お竜さんは円城輝之介の寝所へ入り、奴の息の根を止めて出てくる。もしその間に見咎められることになれば、井出先生が加勢して、助っ人の駕籠舁きを逃がした上で、屋敷から逃げ去る……」

文左衛門は、策を決した。

女を寝所に通したら、ことがすむまで駕籠舁きは勝手門の控え所で待つことになる。

いざとなれば勝之助が表へ出し、逃げるだけとはいえ、助っ人の駕籠舁きは、それなりの胆力がなければ務まらない。

そういう駕籠舁きをも調達出来るのは、文左衛門の底力であろう。

次に円城邸に女が入るのは九月二十日と調べをつけた。

お竜はその間に、武芸の師・北条佐兵衛《ほうじょうさへえ》の浪宅に入った。

佐兵衛が旅に出て留守になっているこの浪宅を、お竜は時折訪れては家に風を通し、掃除をしている。

そして、家全体が武芸場の趣《おもむき》がある浪宅で、お竜はあらゆる室内での闘争を思い描いて、稽古をした。

音も無く廊下を歩き、戸を開け閉めして、時には梁《はり》に飛び上がり天井裏に潜んだり、すべては輝之介を始末するための準備であった。

ここに寝起きをすると、師と暮らした三年の月日が蘇《よみがえ》り胸を締めつけた。

命の恩人であり、かけがえのない人となった佐兵衛は、お竜をあらゆる呪縛から解き放ってくれた。

そして鶴屋孫兵衛の許に自分を預け、

「お前は弱い者のために、身に備った武芸を使うがよい」

と言って、旅に出てしまった。めくるめく一夜限りの恋の思い出を残して――。

相手を圧倒する気迫と、錬達の技の数々、容赦なく素手で、竹棒で自分を打ち据えた、鬼のような指南ぶりが、あの一夜の夢によって淡く美しいものとなる。

「お竜、何を迷うておる。己が腕を信じるのじゃ」

浪宅にいると、師の声が聞こえてくる。

それを聞きたいがためにお竜は、件の家に入ったのである。

だが、そういう行為そのものが、旗本屋敷での大仕事への不安の表れであったのかもしれない。

予想通り九月二十日の暮れ六つとなって、深川の妓楼を出た町駕籠は、円城邸へと向かった。

駕籠が通る道筋には、人気のない辻がある。

その辻からすぐ近くに閻魔堂《えんまどう》がある。

計画通りに、お竜と井出勝之助が駕籠舁きを襲い、当て身をくらわせると、女を匕首《あいくち》で脅して猿轡《さるぐつわ》をかませて素早く閻魔堂へ隠した。

ここで助っ人の駕籠舁きが合流して、倒した駕籠舁き二人も閻魔堂へ運び、女と共に縛りあげる。

「すまないねえ。あとで見つかるようにしてあげるから、少しの間辛抱しておくれな」

お竜は三人の懐にそれぞれ一両を押し込んでやり、

「この金は迷惑料だが、物盗りに遭ったことにして、そっとしまっておくんだね」

三人は金を見て、お竜の言葉を聞くと、たちまち大人しくなった。誰に掠《かす》め取られるわけでもない一両が懐にあるのだ。少しくらいの不自由は仕方がないと得心したのだ。

助っ人の駕籠舁きは、佐助《さすけ》という三十半ばのたくましい男であった。

頰被りをして、さらに笠を目深に被っているので表情はよくわからないが、文左衛門が符牒《ふちよう》で記した文を手に現れると、一切口を利かず勝之助の指示に黙々と従った。

〝駕籠政〟は、これまで〝地獄への案内人〟の仕事を何度も手伝ってきた。その意味では、〝駕籠政〟の腕利きの駕籠舁きは、案内人の同志といえるが、佐助は特に謎めいていた。

文左衛門は、お竜と勝之助を助ける駕籠舁きは、その場限りの付合いゆえに、一切素姓は明かさぬ取り決めをしていた。

そして、佐助は見事に勝之助の手伝いをしてのけ、円城邸の勝手門から中へと入り、中奥の出入り口にお竜を運んだ後、門脇の控え所に待機した。その間も彼は泰然自若としている。

勝之助はこの男に興をそそられたが、下手に話しかけると綻びが出ると、武家屋敷で緊張している駕籠舁きを演じて沈黙を保ったのである。

門番達が、さして駕籠舁きを調べることもなく中へ通したのは幸いであった。頻繁に出入りさせていると緩みも出てくるらしい。襲った駕籠舁きが持っていた添状《そえじょう》を奪っていたので難なく入れたのだ。

お竜は遊女が、傾城《けいせい》の振り袖の上から武家風の打掛を羽織るという情報を得ていたので、抜かりなく扮装をして、小姓《こしょう》に案内されて輝之介の寝所に入った。

奥向きには亡妻付きの女中もいるゆえ、日頃から中奥の一室でも寝起きして、この日を迎えているらしい。

剣の達人を気取ってみても、亡妻の幻影に遠慮をするところは、よくいる小心な男だ。

旗本が屋敷に遊女を呼び入れるのは、公儀には知られたくないことで、奥向きからの反発を少しでも抑えたいのであろう。

――下らない男だ。

所詮は無宿者相手にしか剣を揮《ふる》えない、たわけ殿ではないか。

お竜は仁兵衛を殺した輝之介への憎悪を闘志に変えていた。

「ほう、今宵《こよい》は一段とよい」

小姓に寝所に案内され、二人になったところで、輝之介はお竜を見て言った。

「殿様にお会いしたいと願い出ましてございます」

お竜は落ち着いていた。

円城邸には、同じ女は呼ばれないと聞いていたからだ。

「そうか、余の評判を聞いたか」

「あい」

「愛《う》い奴よ。まず着物を脱いで近う寄れ」

お竜は襦袢《じゅばん》と湯文字だけになり、髪をはらりと解《ほど》いて、簪《かんざし》でひとつにまとめながら、

「簪を使ってはいけませんでしたか？」

　媚びを含めながら問うた。

「ほう、そちは身分ある者の伽をしてきたようじゃのう。簪が得物《えもの》になるとの気遣いか。ふふふ、余にはそのような気遣いは無用じゃ」

　輝之介は、己が腕自慢をさらりと入れた。

「これはご無礼いたしました。左様でございました。殿様は虎……。ねずみの牙を恐れられるはずもございませんでした」

「ふふ、女、おもしろいことを言うのう」

「ひとつお願いがございます」

「こ奴め、欲深いのう。申してみよ」

「わたしの太腿の奥には竜が息づいております」

「竜とな？」

「あい。どうぞそれを嫌わずに愛《め》でてやってくださいまし」

「よし、愛でてやろう。まず見せてみよ」

　輝之介は好色そうな笑みを浮かべた。

　お竜は一間《ひとま》の内を注意深く見廻しながら、湯文字の裾を少しずつたくし上げて、輝之介に寄った。

寝所には、片開きの襖戸《ふすまど》がひとつあり、隣室に続いているが、警護の家士が詰めている気配はない。

房事《ぼうじ》を覗き見られるのは、腕自慢の殿様にとっては恥でしかなかろう。

そこに、女案内人の強みがあるのだ。

「ここでございます……」

お竜は、ちらりと竜の彫り物を見せた。

「どれじゃ。しっかりと見せい」

お竜は、襦袢の襟に縫い込んである小刀を探った。簪を使わずとも、仕付けをほどけばするりとお竜の手に得物は納まる。

そうして、覗き込む輝之介に、

「ですが殿様、この竜を拝んだ者には死んでもらうことになっております」

冷ややかに言った。

「何じゃと……」

見上げる輝之介の首筋に、お竜の小刀が突き立った。

しかし、手許が僅かに狂った。その刹那、

「曲者！」

と、襖戸がさっと開かれたかと思うと、一人の武士が抜き打ちをかけてきたのだ。

お竜は咄嗟《とっさ》に体をかわしたが、急所を外してしまい、輝之介の命を奪えなかった。

飛び込んできた武士は、秋元麻之丞であった。お竜の手に刃が光るのを見てとって、素早く抜き打ちをかけたのはさすがであるが、麻之丞は輝之介が女を呼んでいる様子を隣室で覗き見ていたことになる。

そうでないと、あの間では飛び込めない。

豪傑ぶっているが、その実、房事を覗かせるほど輝之助は小心なのだ。

「女、お前はどこの廻し者だ」

麻之丞は静かに言った。

お竜の手には小刀ひとつ。不意を衝いての攻めならばいざ知らず、こうして向き合えば、さすがのお竜も勝ち目はない。

だが、それでもお竜は動じなかった。

一度は死にかけた身が、武芸によって蘇った女である。いつも覚悟は出来ている。死と隣り合せにいる者こそ武芸者なのだ。

麻之丞には、お竜の覚悟が同じ武芸者としてわかるらしい。

「どこの廻し者……？　地獄の閻魔様さ」

お竜がさらりと応えると、

「閻魔様だと？　お前のような女を見たのは初めてだ」

麻之丞はニヤリと笑って、

「ならばおれが地獄へ送り返してやろう」

己が優位を確信し、いかに倒してやろうかという構えを見せた。

「まず、余を助けぬか……」

輝之介は呻《うめ》き声をあげ、苦痛にもんどりうっていた。

「殿、某が下手に動くと、女は殿の息の根を止めましょう、今しばし御辛抱くださりませ」

麻之丞は、傷の具合を一目見てそのように判断したらしい。

お竜も同じ想いであった。

苦痛に堪え、己が刀を引き寄せ、お竜を斬ってやるぞという気迫もなく、ただ身もだえているこの貴人は、無宿者相手に人間狩りはするが、少しでも自分が傷を負うと、もうそれだけで泣き喚く、実に情けない男なのだ。

今、麻之丞がお竜に向かい合っているゆえに、お竜は動けないが、麻之丞が輝之介を助けんとして傍へ寄らんとすれば、お竜は麻之丞の隙を見つけて、輝之介の息の根を止めるかもしれない。それすらわからないとは何たる未熟。

麻之丞の表情には、主に対する失望がありありと出ている。

「殿……！」

異変を覚えた小姓が、廊下から入ってきた。

しかし、お竜は麻之丞から飛び下がりつつこの小姓の足を小刀で払った。

「おのれ……」

小姓は、足を斬られその場に屈《かが》み込んだ。

「女……、なかなか遣うな……」

麻之丞は、この隙に輝之介とお竜の間に入った。

「早《はよ》うこの女を殺せ……」

相変わらず傷口を押さえて倒れたまま泣きそうな声で訴える輝之介であったが、
麻之丞は、大声を発して家士を呼ばなかった。

お竜の気迫が凄まじく、間合を取り合う緊張を切らせたくなかったからだ。

仕留める時は一太刀で決めてやる――。

麻之丞は負けじと気合を漲らせて、じりじりとお竜との間を詰めた。

そこへ、さらに騒ぎに気づいた家士達が次々とやってきて、庭先からお竜を囲んだ。

「各々方《おのおの》、手出しは無用。まず殿をここからお連れなされい」

麻之丞は、これでお竜相手に専念出来るとほくそ笑んだのだ。

お竜は絶体絶命の危機を迎えた。

井出勝之助は、寝所の異変に気付いていないのであろうか。いや、怪しい駕籠舁きを捕えんとする家士達と闘っているのかもしれない。

お竜は、己が油断と見込みの甘さに気が遠くなりそうであった。

だが、そこへ頼みの綱である勝之助が、駕籠舁きの杖を手に現れた。

驚くべきことに、勝之助が逃がすはずの佐助が共に杖を揮っていた。

この杖は竹に見えるが頑丈な鋳物で出来ている。念のため佐助にも持たせたのだが、彼は逃げずにお竜の加勢をしたのだ。

二人は庭から現れると、お竜を囲む家士達に打ちかかったのである。

(八)

井出勝之助は、佐助と共に勝手門の控え所で待ったのだが、屋敷に殺伐とした気が漂い、やがて円城家家中の者がばらばらと中奥へ駆けつける姿が窺い見られた。

勝之助はお竜の危機を悟り、

「逃げてくれ……」

と、佐助に耳打ちして立ち上がった。

そこへ、一人の円城家家中の士が、中間二人を従えやって来て、

「おい、そこな駕籠舁き、それへ直れ！」

と叱咤《しった》したと思えば、佐助は杖を手に前へ出て、たちまちのうちに三人を打ち据え、中奥へ向かったのだ。

勝之助は呆気にとられつつ、こちらも呆気にとられている門番を杖で打ち倒し、

「おい、正気か……？」

と、佐助のあとを追った。そして、二人が中奥の庭へ忍び込むと、円城家家中

の者に囲まれ、万事休すのお竜がいた。

家士の一人が、輝之介を助けんとして、庭から廊下へ上がったが、お竜はそれを牽制して寄せつけない。

そこへさらに麻之丞が間合を詰める。

正にその時であった――。

佐助は、笠の下でにこりと勝之助に頷くと、囲みの武士達に化鳥《けちょう》が舞うかのように襲いかかった。

右へ左へ体をかわすと、たちまち三人の武士が庭に倒れた。

勝之助は瞠目《どうもく》したが、彼もまた杖を揮い競うように眼前の敵に打ちかかった。

あっという間に庭の敵は地を這った。

誰よりも驚いたのは麻之丞であった。今までの圧倒的な優位が、駕籠舁き二人の目の覚めるような技によってひっくり返されたのであるから無理もなかろう。

お竜はというと、麻之丞の動揺の隙に佐助を見て大きく頷いた。

これまでずっと黙して語らず、笠と頬被りで顔と表情を隠していた謎の駕籠舁き・佐助が、武芸の師・北条佐兵衛だと気付いたからだ。

「しくじるなと申したであろう……」

佐兵衛は低い声で言うと、麻之丞にかかろうとする勝之助を手で制した。

それで勝之助にも、佐助の正体が知れた。

お竜は一礼を返すと、麻之丞に向き合い、間を詰めると思いきや、飛び下がって庭へ下り立つと、手にした小刀を麻之丞に投げ打った。そして、これをかわした麻之丞に対して、庭に落ちていた家士の一人の刀をさっと手に取ると、再び庭から座敷へ飛び上がり反撃の一刀をくれた。

佐兵衛は、あくまでもお竜に麻之丞を仕留めさせる気である。もし仕損じたら、自分が討ち果すつもりなのだ。だがその時はお竜の命はない。

そういう状況は麻之丞にもわかるゆえ、彼は死に物狂いでお竜と対するであろう。

それを承知で自分を助け、弟子の腕を見極めんとする佐兵衛を、お竜は非情とは思わない。

師の自分への愛情の印と受け止めた。久しぶりの再会にかえって勇気百倍となったのであった。

麻之丞はお竜の一刀を撥ね上げると、一旦間合を切って廊下へ出た。いざとなればこの場を脱する心づもりが窺える。

この時、輝之介は青ざめて言葉も出なくなっていた。

お竜は近付くと、無言で腹を突き止《とど》めを刺した。

その迷いのなさに、麻之丞は怯《ひる》んだ。

人を斬ってこそ武士という想いは、本当の修羅場を潜っていないから出るのかもしれぬ。

怯みは、脅《おび》えとなり、そこから弱気が生まれる。

お竜は無言で廊下を滑るようにして、麻之丞に打ち込んだ。面から小手に、小手から面に、刀はお竜の手の内で踊るように動いたが、最後はしっかりと諸手に握ったお竜によって、防戦一方となった麻之丞の胴を突き刺していた。

佐兵衛と勝之助は同時に頷くと、そのまま勝手門に走った。門番は既に倒されている。

その他の奉公人達は、為す術もなく動けぬままにいた。

思えば初めに異変に気付いた小姓が、お竜に足を斬られ倒されてから、あっという間の出来ごとであったのだ。

凄腕の三人は、腕自慢の殿様と剣術指南役だけを殺害し、他の命は取らなかった。家来達は、下手に出ていかぬが分別だと思い決めたのに違いない。

駕籠舁き二人は、女を駕籠に乗せると勝手門を出て、夜の闇に悠然と消えた。

円城家重代の家老は、輝之介の嫡男を守って奥に籠っていたが、三人の侵入者にあっさりと家中全員が打ち倒された現実に茫然自失となった。

しかし、殺されたのが輝之介と麻之丞二人だけであると見て、

「よいか、殿は本日、心の臓の発作によって身罷《みまか》られた。すぐに若様に御家督をお継ぎいただくために動かねばならぬ。抜かるでないぞ」

と、言い放った上で、

「それと、中間の鈴平だが、あ奴め、どこぞに隠れておるようじゃ。見つけ出してきっと成敗するのじゃぞ。生かしておいては御家のためにならぬゆえにな」

と、低い声で近習頭《きんじゅうがしら》に告げたのである。

お竜達は桐畑の木立に駕籠を捨てると、安三が手配した新たな〝駕籠政〟の駕籠にお竜を乗せて、そこで別れた。

「井出勝之助殿、聞きしに勝る腕前でござった。そのうちお手合せを……」

その際、北条佐兵衛は勝之助にそのように告げて彼を恐縮させると、

「お竜、よいな。武芸を使う時はしくじるな。しくじりはお前に災いとなって降りかかってこよう……」

にこりと笑って駆け去ったのであった。

「あれがお師匠か……。味方でよかったわ……」

勝之助は、羨《うらや》ましそうな表情でお竜を見ると、この場に余計な言葉は無用と、彼もまた駆け去った。

京の名流である吉岡流の一門の子として生まれながら、家をとび出した勝之助であった。敬慕した剣の師もいなかったわけではないが、顔を見合って一言二言交わすだけで心が通じる師弟を目のあたりにして、少し寂しくなったのであろう。

お竜を乗せた駕籠は、江戸橋の船宿〝ゆあさ〟へ向かう。

北条佐兵衛との再会は、危機の中で秋元麻之丞を討ち果した時の興奮をはるかに上回っていた。

麻之丞との争闘に勝利した安堵よりも、師の前で後れをとらなかったことへの安堵が込み上げていた。

駆け去った佐兵衛のあとを追って走り出したい気もしたが、駕籠の中で一人、佐兵衛との絆を嚙み締めていると、生きている悦びが体中に充ちてきたのである。

(九)

「父つぁん、お前を殺した旗本は、心の臓がおかしくなってくたばったとよ。あの剣術指南役は、殿様が死んだのは手前の稽古の仕方が悪かったのだと思い悩んで腹を切ったそうだ。そんな立派な男には見えなかったがねえ。色々悪事がばれて詰腹を切らされたとおれは思っているのだが、いずれにせよ、奴もくたばりやがったよ。あの、鈴平という折助は、あれから消えちまったそうだぜ。噂じゃあ、世間の目を気にした家来達が、屋敷内で始末したんじゃあねえかって話だ。そう考えると、あの人殺しの殿様も、御家の先行きを考えた家来に殺されたのかもしれねえなあ。へへへ、何だっていいや、仇討ちがしてえなら屋敷内で相手になってやるなんて太平楽をぬかしやがった馬鹿は死んじめえやがったってことよ。父つぁんは、いつ死んだって満足だって言ってたから、旗本の殿様よりも、お前は幸せだったってことさ。父つぁんは、息を引き取る時だって、お前を慕う奴らに泣きの涙で看とられたんだからよう。そうだろう、そう思わねえかい、父つぁん……」

本芝二丁目を少し北へ行ったところの小高い墓所に、仁兵衛は葬られた。

連日墓碑の前で権三が、このところの世間の様子を仁兵衛に語っていた。

一膳飯屋〝とみ〟は、仁兵衛亡き後、車力の熊吉が手伝うようになった。

いつまでも力仕事は出来ないだろうと、権三が誘ったのだ。

「父つぁん、悪い奴は仇討ちなんぞしなくても、勝手に滅ぶもんだなあ。文左衛門の旦那が言う通りだよ」

権三は、毎日の墓参が足腰に好いと、欠かさずに出かけては話しかける。

或いは文左衛門が密かにどこかに手を廻して、円城輝之介と秋元麻之丞を始末したのではないかと、権三は思ったりもした。

——いや、いくら文左衛門のご隠居でも、そこまでの芸当はできねえだろう。

とどのつまりは、世の中はうまく出来ているものだと納得していたのであった。

「父つぁん、おれにできることなど大したもんじゃあねえが、この先も、ちょいと若い奴らにお節介を焼くから、まあ見守っておくれな……」

仁兵衛を偲びつつ、この先の己が残り少ない日々への決意を、権三は自分自身に問いかけるのだ。

お竜は時折その姿をそっと見守っていた。

師・北条佐兵衛の助太刀については、元締の文左衛門が居処を知っていて、この度の案内を難儀と見て呼んだのであろう。そのように思ったものだが、

「先生は俄《にわか》にわたしの許においでになられましてね……」

文左衛門は偶然であったとお竜に告げた。

一別以来のお竜の活躍と、この度の円城輝之介についての話をしたところ、

「これはまた難儀でござるな。お竜がどれほど腕を上げたか、この目で確かめてやりとうござる」

佐兵衛は、佐助となってそっと見てみたいと言い出したそうな。

「お竜さんと井出先生にお伝えしなかったのは申し訳なかったのですが、できることなら〝わたしを頼りとせず、いかに戦うか、仕舞《しまい》までそっと見てみたい〟との仰せでしたので……」

そして佐兵衛は、

「お竜、よいな。しくじるな」

と一言を残して、それきりどこかへ行ってしまった。

落ち着いたところで会って、あれこれ教えてくれたらよいものを——。

「相変わらず、言葉足らずのお方だねえ……」

何も言わぬのは、まずはよくやったと思ってくれているからか。会わずに姿を消したのは照れ隠しなのか。

いずれにせよ不思議な男だと、お竜はつくづく思う。

悪党を殺し、自分も傷つき倒れたところを助けてくれた時も、たまさか通りかかった。

この度も、たまさか文左衛門を訪ねたところこの話を聞いて助けてくれた。

もし佐兵衛がいなかったら、勝之助一人で切り抜けられたかどうかしれない。

「守り神なのだ、あたしには守り神がついているのだ」

お竜は、仁兵衛の墓前で己が決意を誓う権三をそっと見守りつつ、温かい血が総身にじわりと流れ出す、えも言われぬ心地よさにしばし浸っていた。

この作品は「文春文庫」のために書き下ろされたものです

文春文庫

名《な》残《ごり》の袖《そで》

仕立屋《したてや》お竜《りゅう》

定価はカバーに表示してあります

2023年2月10日　第1刷

著　者　岡本《おかもと》さとる

発行者　大沼貴之

発行所　株式会社　文藝春秋

東京都千代田区紀尾井町 3-23　〒102-8008
TEL　03・3265・1211㈹
文藝春秋ホームページ　http://www.bunshun.co.jp

落丁、乱丁本は、お手数ですが小社製作部宛お送り下さい。送料小社負担でお取替致します。

印刷製本・凸版印刷

Printed in Japan
ISBN978-4-16-791995-5